FISCHER BIBLIOTHEK

Heinrich Mann

SCHAUSPIELERIN

Mit einem Nachwort von
Hans Wysling

S. Fischer Verlag

Diese Ausgabe erfolgt mit Genehmigung des Aufbau-Verlags, Berlin.
Sie darf nicht in der
Deutschen Demokratischen Republik verkauft werden.

Lizenzausgabe für den S. Fischer Verlag GmbH,
Frankfurt am Main

Umschlagentwurf: Hannes Jähn
Satz und Druck: Georg Wagner, Nördlingen
Einband: G. Lachenmaier, Reutlingen
Printed in Germany 1978
ISBN 3 10 047805 3

I

Leonies Familie behielt trotz den geschäftlichen Einbußen und dem Aussterben aller älteren männlichen Mitglieder noch viel Gesetztheit und Regelrechtheit – abgesehen von einem kleinen Kapellmeister, der aber auch nicht ohne bürgerliche Strebsamkeit war. Mit Leonie ging scheinbar alles gut, bis sie neunzehn war. Sie hatte jahrelang bleich, lang und mager auf dem Sofa gelegen, Butterbrote mit Wurst und ganze Leihbibliotheken verschlungen und dann, die Arme unterm Kopf, entgeistert zur Decke gestarrt. Nun aber brach aus ihr heraus die Theatersucht, und zwar mit den Zügen des Hofschauspielers Hellfried. Leonie kannte ihn längst, und nie hatte sie etwas Besonderes empfunden bei seinem Auftreten. Plötzlich kam ihr eine Unruhe, die Ahnung, was seine Partnerin dort oben rede und handle, das könnte sie selbst ebensogut und vielleicht besser. Da schob sie sich auch schon, von ihrem Parkettplatz aus, der andern unter, hielt nun selbst, mit zurückgeworfenem Oberkörper und die Arme nach vorn gespreizt, eine berauschende Tirade, fühlte Armands Feuer

um sich her, seine auf sie eindringenden Gebärden und seinen klingenden Atem, der über sie hinflog wie der Heilige Geist! Sie saß da, als mächtige und glückliche Künstlerin – bis zum Fallen des Vorhangs, bis sie sich wiederfand in Kleinheit und Ohnmacht, gejagt von Scham und Zorn nach Hause gelangte und Tränen vergoß über ihrem einsamen Teller mit dem erkalteten Abendessen. Am Morgen war der ärgste Jammer vorbei, und sie konnte üben, was sie gestern gelernt hatte.
Mit ihrer Freundin – aus der später dennoch nichts anderes ward als eine Familienmutter – stand sie jeden Abend Posten vor der Tür der Bühnenmitglieder; zweimal, bei ihrer Ankunft und wenn sie gingen. Noch mehrere junge Leute waren so pünktlich. Mädchen, die Hellfrieds Rivalen zuliebe da waren, verachteten die beiden Freundinnen und wurden von ihnen verachtet. Er erschien, mit dem künstlich ungezwungenen Schritt des berühmten Mannes, der sich belauert weiß und nichts merken will. Mehrmals gab er doch dem Zwang ihrer unverwandten Anbetung nach und sah hin. Sein Blick schlug durch sie hindurch; sie spürte ihn in den Fußsohlen und meinte, der Asphalt unter ihr müßte davon aufgerissen sein. Nach der Vorstellung dagegen mochte sie hinlechzen; – er schlüpfte nur, leicht gebeugt, ein Tuch um den Hals, ein anderes fest vor den Mund gedrückt, über das

Trottoir; sah von Besorgnis verstört aus; verschwand hurtig in einer Droschke. Und Leonie war namenlos stolz auf ihn; sein auf der Straße fortgesetztes Komödienspiel beglückte sie fast mehr als sein durch sie hinstreichender Blick.

Sie erklärte im Familienkreise das Komödienspielen laut für das Höchste; für wichtiger als die bürgerlichen Ziele; für das einzige, wobei man lebe. Sie fing selbst an, jeden Augenblick auf ihre Wirkung zu achten, bei Zeitungsnachrichten Affekte zu üben, wegen eines Nichts eine ihr lehrreiche Szene hervorzurufen. Dies alles vermochte sie jetzt schon mit rollendem »r«. Sie sprach so unverhohlen von Armand, daß niemand sie für ernsthaft verliebt hielt. Sie erzählte, daß er es sei, der die Reisinger wegintrigiert habe, »weil er genug von ihr hatte«.

Dann sei er ja eigentlich ein gemeiner Kerl. »Ist er auch!« sagte Leonie triumphierend. Mit ihrer Freundin besprach sie bewundernd seine Äußerung: eine, mit der er gut zusammen spielen solle, müsse er gehabt haben. Sie wußten Züge aus der Zeit vor seiner Scheidung. Er hatte seinen Schwiegervater vor einen verschlossenen Schrank geführt. »Ihre Tochter ruiniert mich. Ich habe den Schlüssel nicht; aber da drinnen sind Toiletten für zehntausend Mark; ich kann das nicht leisten!« Als der Vater sie zur Rede stellte, öffnete Frau Hellfried den Kasten und zeigte einen Lodenrock vor und zwei alte Mullkleider. Die Toiletten für zehntausend Mark hingen bei seiner Geliebten. Leonie kam in Verzückung über solche Züge. Sie neigte nicht dazu, rosige Legenden um ihn her zu ranken. Er war nicht der edle Mime, der junge, ahnungslos in sein Zimmer geschlichene Mädchen mit väterlichen Belehrungen und einem Kuß auf die Stirn entläßt; der einem König die Wahrheit sagt; der, von allen unerwartet, vor Gericht erscheint, um einen Unschuldigen zu retten. Leonies Schwärmerei war neueren Stils. »Wie ist er vermimt und verschminkt!« rief sie herausfordernd aus. Was daran so erfreulich sei, meinten die anderen; und Leonie verdrehte voll Mitleid die Augen. Oder sie frohlockte: »Also es ist Tatsache, statt Armand Hellfried heißt er, weiß Gott, Aaron Fried!« Ob sie das schöner finde? »Allerdings. Und er müßte nicht mal Fried heißen, sondern Konstantinopler oder Pfefferminzblüt.« Man zuckte die Achseln; sie zog ihn ins Groteske. Alle ihre Äußerungen waren jetzt so gewaltsam geworden, diese ganze Lebensperiode krankhaft, meinte man, und offenbar aussichtslos. Dennoch gab sie, kaum, daß der Kapellmeister aus seinem Winterengagement zurück war, ihren festen Willen kund, dramatischen Unterricht zu nehmen. Der Vetter solle sie zu dem alten Kersten bringen. Er machte sich, von der ganzen Familie angstvoll souffliert, daran, es ihr auszureden. Zuerst brachte er vor: den wütenden, wenig sauberen Konkurrenzkampf beim Theater; und da kein anständiger Mensch ihn aushalte, die geringe Herkunft und skrupellose Verfassung der Mitkämpfer. Die geringe Herkunft, entgegnete Leonie, habe ganz andere Gründe. Temperament und Leidenschaft gebe es nicht bei Bürgergänsen, noch dazu bei deutschen Bürgergänsen. »Ihr seid ja so gräßlich zahm.« Man riß die Augen auf; rechnete sie sich nicht mehr dazu? »Drum sind es beim Theater auch alles Juden«, schloß sie sieghaft.

»Na, leidlich gescheit ist sie«, bemerkte der Kapellmeister. »Nun muß sie bloß noch wieder friedlich werden.« Er nannte weiter: die gesellschaftliche Abgeschlossenheit des Standes und die damit zusammenhängenden Sitten. Die unverheirateten Tanten schlugen die Augen nieder. Der Kapellmeister mißbrauchte seine Aufgabe und belegte diesen Punkt mit selbsterlebten Beispielen. Leonie hörte ihn zu Ende an; dann erklärte sie: das mache ihr nichts. Alle zuckten auf. Der Kapellmeister sagte:

»Mir auch nicht. Wenn du bloß überhaupt Talent hättest, meine Liebe. Bei dir ist das natürlich die bekannte Krise; ich weiß doch Bescheid.«

»Das laß meine Sorge sein«, sagte Leonie; und er:

»Und dann, Schauspielerin, was ist denn das? Deswegen stellt man doch keine Familie auf den Kopf.

Hast du Stimme, reflektierst du auf die Oper? Nein. Na, dann laß gut sein, beim Schauspiel ist doch nichts zu machen.«

»Weil die Musik euch ganz verblödet«, entschied sie. Der Kapellmeister stellte fest:

»Eine Antwort hat sie auf alles.«

Um sie loszuwerden, brachte er sie zum alten Kersten. Im Sommer und den folgenden Winter machte sie bald hochgemute Zeiten durch, in denen kein Zweifel an ihrer Sonnenzukunft zu ihr hinfand; dann ein Vorbehalt des Lehrers, das Mißlingen einer Rolle oder eine Erkältung und die Angst, mit den körperlichen Mitteln nicht auszureichen – und sie stürzte über durchweinte Nächte, ebenso viele dunkle Stufen hinunter in Trostlosigkeit. Im Wartezimmer des Halsarztes traf sie einmal mit Hellfried zusammen. Er ließ ihr den Vortritt; das nächste Mal erfuhr sie vom Doktor, er habe gefragt, wer sie sei. Auf der Straße grüßte er sie jetzt; – und die Spannung, ob er ihr begegnen werde, machte, daß sie nach jedem Ausgang, ganz erschlafft, sich auf das Bett strecken mußte. Sie wünschte sich nicht mehr, ihn zu sehen; sie konnte es kaum noch ertragen. Dabei ließ sie ihre Kleider und Kosmetiken unbezahlt und gab all ihr Geld für Theaterbilletts aus; sie müsse arbeiten, es sei Arbeit, wenn sie dort sitze. Aber lernen konnte sie dort nur noch wenig und nicht von ihm. Solange er auf den

Brettern fehlte, tat sie nichts als ihn erwarten. Kam er, begann sie zu zittern, ward kurzatmig, verlor alle Fähigkeit, sich Rechenschaft abzulegen, wohnte, halb blind, einem verhängnisvollen Schattenspiele bei. Der alte Kersten ließ sich, selten einmal, auf der Bühne des Hoftheaters von ihr vorspielen. Für die Beurteilung zog er einen der Kollegen hinzu. Welche Qualen, bis sie wußte, wen! Wäre er es, sie war versichert, sie würde beim Spiel unter seinen Augen zur Göttin werden, aber tot umfallen. Ihre Hoffnung, daß er es sei, nein, ihr fassungsloser Gedanke an die Möglichkeit, war ein Himmelsflug und ein Selbstmord ... Es war niemals er.

Wie der Kapellmeister das nächste Mal auf Ferien kam, war sie eben im Begriff abzureisen. Er konnte sie gerade noch fragen: »Na, soll's nun wirklich losgehn?« Sie ging zu einer Sommerbühne und von dort für den Winter gleich mit demselben Ensemble an ein kleines Stadttheater. Er gab ihr rasch einige Ratschläge.

»Frechheit ist das erste beim Theater! Bis auf weiteres mußt du jeden Menschen, der dir begegnet, für ein unanständiges Individuum halten.«

Dazu neige sie ohnehin, sagte Leonie.

»Deinen Alten sitzenlassen, sobald du weißt, es ist für deine Rolle kein Ersatz da. So bringt man der Bande Respekt bei.«

»Wird gemacht.«

»Na, mit Gott.«

Und Leonie stieg in eine Droschke. Begleitung hatte sie sich verbeten. Als der Schnellzug abfuhr, stand sie im Korridor am Fenster und atmete mehrmals stark auf. Endlich blieb Hellfried dahinten, dachte sie mit gehässigem Jubel. Er hatte sie krank genug gemacht; die Seuche, die er war, sollte nicht noch in der Ferne Kraft behalten. Sie wollte damit fertig werden, sich von ihm erlösen. Wie, wußte sie nicht.

In Kürze trafen bei ihrer Familie glänzende Rezensionen ein und sieghafte Briefe. Wenn man früher, noch als Schülerin, beim Vorspielen auf der Bühne hatte gewärtigen müssen, daß im leeren, dunklen Parkett der Kopf eines Hellfried erschien, oh, dann fragte man wenig nach jedem anderen Publikum! Leonie hatte von vornherein niemals Lampenfieber gehabt; sie verachtete die Leute und war bei ihnen rasend beliebt. Später, im Winter, erfolgten keine Nachrichten mehr, nur auf Anfragen gute Kritiken, so viele man wollte. Endlich kam sie heim – es durfte niemand am Bahnhof sein – und bezog wieder ihr Mädchenzimmer, auf dessen Schwelle sie stutzte. Sie erklärte, daß sie für diesen Sommer ihre Verpflichtung mit Hilfe des Arztes zu lösen gedenke; ihr fehle jedoch nichts, sie habe nur das Komödiespielen für den Augenblick satt. Sie schien müde; ihrem Gesicht gaben Blässe und leichte Gedunsenheit einen krankhaften Reiz. Sie war voller geworden, trug ihre Bühnenkleider zu Hause auf und kein Korsett. Der Kapellmeister langte auch an und stellte gleich fest: »Du hast dich aber großartig herausgemacht! Was die mit ihrer Frisur anfängt! Dein Haar ist ja heller geworden!« Er bemerkte auch ihre rosig geschminkten Nägel, ging schnuppernd um seine Kusine herum und belebte sich sichtlich. Er hatte sie der Beachtung noch wenig wert, ihr Selbstbewußtsein und ihre schneidende Art eher ärgerlich gefunden. Jetzt sah er sie auf eine beunruhigende Weise zum Weibe erhoben, fing unvermittelt an, sich ihr unterzuordnen, sie gegen die Familie zu unterstützen, sich durch Gefälligkeiten an sie heranzudrängen, und versäumte keine Gelegenheit, an ihre Kollegenschaft zu erinnern. »Du bist schließlich nur ein Musikmensch«, meinte Leonie; aber sie benützte seine Begleitung, um in Restaurants zu gehen – wo man sie für sein Verhältnis ansah. Der Kapellmeister nahm es übel, wenn jemand sie erkannte.

Im Hoftheater klatschte sie, sooft Hellfried herausgerufen ward, mit dem gewissen aufmunternden »Ich gönn's dir«, woran sich die Kollegen erkennen.

Sie schüttelte den Kopf.

»Merkwürdig, wenn man so einen Menschen jetzt

ansieht. Ich habe ihn ja eigentlich noch niemals ruhig angesehen.«

Ob das tatsächlich so gewesen sei.

»Na!«

Und jetzt sei gar nichts übrig?

»Nur wohlwollende Erinnerung.«

Und sie lächelte höhnisch. Der Kapellmeister zögerte.

»Einfach vergessen?« fragte er und bekam keine Antwort.

»Wie macht man das sonst?«

Aber ihr Lächeln ward immer rätselhafter.

»Wenn der wüßte, was er alles angerichtet hat«, sagte sie endlich, mit sinnender Ironie; und nochmals, beinahe ausgelassen:

»Ja, wenn er das wüßte! . . .«

Der Kapellmeister konnte im letzten Akt nicht stillsitzen und seufzte viel.

Er war ein Schüchterner, der sich unter Abgefeimtheit versteckte, und ein Zärtlicher, der sich vormachte, sein Feld sei die Leidenschaft. Er schrieb – im Sommer, während seiner Ferien – an einer Oper, worin einer die Begehrte foltern ließ, eine Satansmesse in Musik zu setzen war und ein nicht ganz neuer Liebestod stattfand. Die leichten Mädchen, an denen er in keinem seiner Engagements Mangel gelitten hatte, langweilten ihn und standen ihm vor der Aussicht auf Beträchtlicheres; – und plötzlich entdeckte er in der eigenen Familie eine, bei der Geist und Wille hinzukamen zu der offenbaren Gabe, wild zu empfinden! Das mit Hellfried hatte er, zusammen mit den anderen Verwandten, für unwichtig gehalten. Die ganze Leonie hielt man für unwichtig. Nun stellte sich heraus, daß hier alles war, wonach er sich gesehnt hatte und was nicht leicht alles beisammen zu erhoffen gewesen war. Ihre Leidenschaft für Hellfried begeisterte ihn als Leidenschaft und wurmte ihn, weil sie einem anderen zu verdanken war. Und Leonies blendende Entwicklung seither machte ihm noch schlimmer nagende Gefühle. Er schlug sich plötzlich vor die Stirn: was er hier unerkannt gelassen und versäumt hatte! Das göttliche Geschäft des Aufblühenmachens, das dahinten irgendeiner besorgt hatte, er selbst hätte es übernehmen können! Nun war sie reif – aber nicht durch ihn! Der fragwürdige Reiz, der jetzt um sie her war, machte, daß der Kapellmeister den ganzen Tag eine angestrengte Miene hatte. Er hielt sich unaufhörlich vor: »Wie leicht wär's gewesen!« Und wußte in seinem stillen Grunde: »Gewagt hätt ich's doch nicht.« So nahm er denn entgegen, was ein anderer ihm hergerichtet hatte, und gönnte sich den demütigen Kitzel, mit seiner Kusine zu reden wie mit einer in allen Stükken erfahrenen Kollegin. In dem Durcheinander von gesitteter Verwandtenhaftigkeit und der frechen Duzbrüderschaft fahrenden Volkes stach sie beide das Zweideutige, und davon ward ihr Zusammensein interessant. Da Leonie behauptete, durch nächtliches Rollenlernen des frühen Schlafes entwöhnt zu sein, versaßen sie manche späte Stunde in Cafés – und sie empfing vergnügt vom Vetter die Geschichten, die er der früheren bürgerlichen Leonie so fest verschwiegen haben würde; erwiderte auch mit dazu passenden Erlebnissen, nur niemals mit eigenen. Vergebens tastete er an ihrem vergangenen Jahr umher; es sprang nicht viel heraus, eine beiseite gesprochene Erinnerung höchstens:

»Wer hatte doch die Gewohnheit?« . . . Erfreut und vielsagend: »Ach so.«

»Nun wer?«

»Oh, niemand. Ein Bekannter.«

Einst in einer Bar, nach starken Getränken, begann ein weiches Musikantengesicht, auf dem kein Bart wuchs, die Nase zu bewegen und zu beben unter dem Schwall von Gefühlen – und er verriet, er hätte sich eine lang hinrauschende Leidenschaft gewünscht. Wozu denn, meinte Leonie. Er versuchte es zu begründen; sie bedeutete ihm geduldig, sein Gerede zeige, daß er fremd sei vor diesen Dingen und schwerlich mit ihnen etwas zu tun bekommen könne.

»Das trifft nur den, der nie daran gedacht hat; und

wer die Quälerei einmal kennt, wünscht sie nicht – obwohl er«, leiser und mit dem Blick auf einem Fleck am Boden, »das Erlebte auch nicht abschaffen möchte ... Aber lang hinrauschend? Blech. Unsereiner ist hierin auf Kürze hingewiesen. So erklärt sich manches bei uns. Denn was du damals geredet hast von den Sitten beim Theater, die von der gesellschaftlichen Abgeschlossenheit unseres Standes kommen sollten, das war auch nur schwach, mein Lieber. Ich habe das inzwischen besser zu beurteilen gelernt. Eine Bürgerdame kann mitten in einer heimlichen Liebe irgendeinen Menschen heiraten und dann vermittels der pflichtgemäßen Nichtbefriedigung ihr aufreibendes Gefühl meinetwegen noch durch Jahrzehnte hinzerren. Die ewige Unaufrichtigkeit gibt ihr, Gott sei Dank, etwas Fragwürdiges und damit ein wenig mehr Recht aufs Dasein. Wir dagegen« – und Leonie mimte –, »wir haben mehr zu erleben als das; wir haben Grund, einen Liebesanfall rasch abzutun. Wer sich täglich in eine andere Rolle hineinspielen soll, kann nicht innerlich immer an einer und derselben arbeiten, unglückliche Liebhaberin sein ohne Ende. Wir müssen drinnen rein und fraglos sein! Der Leidenschaft, die uns anfällt, den Mund stopfen, ehe sie uns selbst auffrißt; ihn rasch und gründlich vollstopfen und, um Gotteswillen, weiter!«

... Der Kapellmeister sagte endlich:

»Bei der Methode kannst du weit kommen. Du bist wahrhaftig ein starkes Mädchen. Ich wüßte nicht, wer dir ein Bein stellen könnte.«
Leonies stolzes, nur langsam wieder entgleitendes Lächeln bekundete, sie wisse es auch nicht.
»Wie hast du es in deinem besonderen Fall denn angestellt?« erkundigte er sich.
»Hab ich zuviel gesagt? Ich wollte nur andeuten, wie es, ganz im allgemeinen, bei uns zugeht.«
»Bei den anderen? Oh, die kenne ich. Bei dir, nur bei dir.«
Und der Kapellmeister schlug den Zigarettenrauch weg, um sie, die Hand in seinen Schopf gewühlt, von unten andächtig anzusehen. Er wünschte ihren entschlossenen Willen von allen Seiten zu beaugenscheinigen und legte ihr die Rousseausche Frage vor: »Wenn du nichts weiter nötig hättest, als auf einen Knopf zu drücken, damit dort hinten in China ein Mandarin ...« Jawohl! Sie würde den Knopf drücken und ruhigen Mutes den getöteten Mandarinen beerben.
»Du bringst mir immer mehr Hochachtung bei. Ich – ich könnte das nämlich nicht«, gestand er.
»Warum bringe ich dir denn Hochachtung bei? Die muß man doch vor allem vor sich selbst haben. Du bist schwach – und hast nicht den Mut zu deiner Schwäche? Bewunderst jemand, der anders ist? Versteh ich nicht.«

»Du bist eben gar zu sehr mein Fall!«
Ihr Achselzucken und das Bewußtsein, entblößt dazustehen, nahmen ihm den Rest seiner Fassung, und er kam mit Plänen heraus, die er für die günstigste Stunde hatte aufsparen wollen. Sie sei nämlich so sehr sein Fall, und er könnte sie so glänzend für seine Musik gebrauchen, daß er es nicht verantworten könne, sie aus den Augen zu lassen. Was sie dazu meine, wenn er zum Winter mit ihr käme. Zu zweit würden sie eine Macht sein; er könne ihr eminent viel nützen. Sie wandte ein, er werde ja höchstens bei der Oper sein. Trotzdem, entgegnete er; und er lasse es sich was kosten.
»Du weißt, ich habe Kontrakt nach Berlin.«
Leonie, von oben: »Um so schlimmer – wenn du imstande bist, Berlin fahrenzulassen wegen einer Dummheit.«
Er beging schwerlich eine; denn in Berlin als Zweiter hätte er wenig zu dirigieren bekommen. Aber er ließ sie bei dem Glauben. Ob sie nicht sehe, wie es mit ihm stehe.
»Ich muß dich haben! Jetzt weiß ich, daß ich euch 'ne Oper zwischen die Zähne werfe!« Und er sah gereizt im Saal umher.
»Sommerkomponist! Du kannst einmal ein ganz tüchtiger Dirigent werden, laß das Komponieren lieber sein, Bester. Aus mir wird keine Musik gemacht. Außerdem könntest du es gar nicht; du hast

dich einfach verliebt. Ich würde es mir aber ewig vorwerfen, wenn ich einen so strebsamen Menschen von seinem Wege abgebracht hätte.«
Sie beugte sich bis auf den Rand ihres Glases, legte die Lippen darauf und lächelte geringschätzig von ihrem Vetter zu den Leuten drüben, bei denen er vorhin die Runde gemacht hatte. Er versäumte das nie. Er tauschte Herzlichkeiten an vielerlei Biertischen; schmeichelte Studenten, damit sie ihn zu Konzerten hinzuzogen; drückte einem Winkeljournalisten die Hand, der sich an seinem nächsten Kameraden ausgetobt hatte – und der Kamerad stand dabei; betrug sich steif und ablehnend gegen den, der von dem Mitbewerber etwas Gutes hielt; diente dem Ruhme ohne Stolz von der Pike auf, wußte um das Erstrebte mit Selbstentäußerung zu werben und das Erreichte schonungslos zu repräsentieren: kurz, trieb es nach Art des mit bürgerlichen Gaben gesegneten Künstlers. Leonie faltete flüchtig die Brauen.
»Ich bin auch schwerlich dein Fall; denn du bist nicht meiner . . . Nichts Ganzes – Bester.«
Und sie ließ den Ernst wieder fahren; dem Kapellmeister war sein Urteil gesprochen; er war erledigt. Er fühlte selbst, daß er den Dingen Zeit lassen müsse. Bis dicht vor Schluß der Ferien sagte er nichts Wichtiges mehr. Dann plötzlich: »Halt dich fest, ich komme nun doch mit, ich bin engagiert.«

Er hatte es durchgesetzt, daß der dortige Kapellmeister mit ihm tauschen und statt seiner an die Berliner Spielopernbühne gehen durfte.
Leonie bemerkte nur: »Schlimm für dich. Glaube, bitte, nicht, daß du irgend was erreichst. Überhaupt bist du blond.«
»Was beweist das? Du wirst wohl nicht ausschließlich auf Juden geeicht sein.«
Sie hob die Schultern. Mit Stolz auf ihr Schicksal: »Es müssen da geheime Verwandtschaften sein oder so. Wer mir aufgefallen ist, war noch immer Jude; und Erfolg habe ich auch nur bei ihnen.«
»Unsinn. Der Hellfried ist überhaupt keiner. Das sagt man bloß. Das sagt man von jedem.«
»Der?!«
Sie war bedroht in ihrem Heiligsten; sie mimte: »Er mauschelt ja mit den Händen!«
Auf der Reise und bei der Wohnungssuche ließ sie sich gern von ihm dienen:
»Da du einmal da bist.«
Dann kam die Arbeit: die Proben, die Schneiderinnen, die lange harte Anspannung der ersten Aufführung. Sie ward von einer ganz ungewohnten, abergläubischen Unsicherheit erfaßt und wollte rasch ihre Rolle noch einmal durchlesen; aber die Kollegin, mit der sie die Garderobe teilen mußte, holte sich den Helden herein und machte ihm eine schmutzige Eifersuchtsszene wegen des jungen Ko-

mikers. Als Leonie die Garderobe schon verlassen hatte, merkte sie, daß ihr der Fächer fehle, und holte ihn. Bei ihrer Rückkehr sah sie die komische Alte die Hände ringen:

»Sie haben eine Rolle und laufen in die Garderobe zurück? Wissen Sie nicht, daß es dann sicher schiefgeht?«

Dennoch ward sie gerufen. Aber man wollte sie nicht hinauslassen. Sie stampfte auf; wenn sie nicht hinaus dürfe, breche sie ihr Spiel sofort ab. Dann hatte sie noch den Widerstand des Vorhangziehers zu besiegen, der mit »der andern« im Bunde stand und den Beifall schlecht abpaßte. Mit der Linken mußte sie hinter die Kulissen drohen, während die Rechte mit anmutiger Bescheidenheit dem Saale Dank spendete ... Die Kritik war unbegreiflich feindselig, das Publikum dieser musikalischen Rheinstadt für das Schauspiel wenig empfänglich, der Regisseur ein Blonder, Trockener, der Leonie das Leben nicht erleichterte. Immerhin verging der Probemonat ohne Kündigung. Der Kampf mäßigte sich zeitweilig. Der Kapellmeister stellte sich wieder ein. Ihm ging es gut. Man sehe sie überhaupt nicht mehr. Sie solle nicht unkollegial sein! Sie wollten an Abenden, wo sie beide frei seien, zusammen ausgehen.

»Danke – ich habe zu arbeiten. Ich gebe mir zwei Jahre, dann muß ich in Wien beim Volkstheater sein oder in Berlin. Was Drittes wird nicht genehmigt.«

»Du hast wohl Schulden? Das begabt einen mitunter mit solcher wilden Strebsamkeit. Wenn ich dir vielleicht – als Vetter natürlich«, setzte er eilends hinzu, da er ihr Gesicht sah. »Oder aber, wir könnten uns zusammen kochen lassen? Dabei spart man.«

Sie lehnte auch dies ab.

»Nur nicht wieder den ganzen Tag mit einem Menschen.«

»Wieder?. . . Na, nicht kratzen. Ich gehe schon hinaus.«

Sie fühlte sich unterliegen in dem Ringen um die Rollen. Der Regisseur drängte sie offen zur Seite. Nachdem sie vierzehn Tage lang unbeschäftigt geblieben war, hatte sie im »Weihnachtsmärchen« als eine der Feen ihr Patengeschenk dem Dornröschen in die Wiege zu legen und »Ich Mäßigkeit« dabei zu sagen, eine Zeitlang jeden Sonntag nachmittags. Sie bekam einen abergläubischen Haß auf dieses »Ich Mäßigkeit«. Darauf saß sie volle fünf Wochen im Zimmer, briet sich Äpfel, las, gähnte.

Der Kapellmeister trat eines Abends nach zehn Uhr ein. Er hatte soeben den ›Othello‹ dirigiert und war »ganz hin«.

»Menschenskind, was hätte sich aus dem Stoff machen lassen!«

Er hatte unvermittelte Röte auf Nase und Backenknochen, griff mit seinen Molluskenfingern Töne auf den Möbeln, schwenkte sein Stöckchen, war bei ihr eingebrochen wie das Leben.
»Nun sei nicht unartig, komm mit auf die Redoute! Na also! Ich geh nach Hause und zieh mich um; tue du desgleichen. Einen Domino bring ich dir mit, einen großartigen.«
Sie hatte sofort ja gesagt. In ihrem Zimmer sah sie überall mit Buchstaben aus Spinngewebe »Ich Mäßigkeit« hingeschrieben und schüttelte sich. Der Trotz verwandelte sie, er gab ihr die Kraft, ihre Sorge für die Dauer der Nacht auszuschalten. Sie richtete sich den Kopf frech her, und sie gefiel. Ihre reizendste Bekanntschaft waren die Leute vom Budapester Possenensemble; denn sie begriff nicht dieses gehaltene und sittige Benehmen bei Menschen, deren Beruf in Ausgelassenheit und Verletzung des Schamgefühls bestand. Allmählich merkte sie: so waren sie eben deswegen. Leonies Kollegen, die auf der Bühne sich am hohen Ton überfraßen, trieben Schmutzereien in den Garderoben – indes diese öffentlichen Zotenreißer eine rührende Sehnsucht nach anständiger Verborgenheit hegten. Einer von ihnen fragte Leonie untertänig, warum sie sich denn bei ihnen nie blicken lasse, und war betrübt, als sie erklärte, dahin könne man nicht gehen. Er versicherte, er sehe wohl, daß sie eine

Dame sei und nicht vom Schlage der anderen beim Theater. »Aber bitte, nein!« sagte sie und war erschrocken, weil es ihr schien, als sei in ihrer Antwort ihre bürgerliche Vergangenheit heraufgekommen. Sie war nicht besonders glücklich; lag das daran, daß ihre Herkunft sie absonderte, zwiespältig machte? Rasch verhieß sie dem Komiker, sie werde ihn sich ansehen.

Zunächst vergaß sie's wieder in dem Gedränge von Vergnügungen, in das sie jetzt geriet. Sie ward den Bürgern, die sie im Theater selten gesehen hatten, erst auf Bällen bekannt, und ihr Übermut gefiel den Rheinländern. Anfangs spielte sie ihn sich vor; dann kam wirklich ein Nachlassen der Spannung, worin ihr Ehrgeiz sie erhalten hatte, ein köstlicher Leichtsinn. Der Beruf verschwand hinter einem herabfallenden Verwandlungshintergrund, und Leonies Bühne lag bereit für neue Gebärden, die darauf entstehen wollten.

II

In munterer Gesellschaft gelangte sie schließlich zu den Budapestern. Gerade sang ihr Bekannter von der Redoute etwas Haarsträubendes auf seine Hose. Leonie konnte sich nicht helfen, sie mußte den Kopf neigen und den weit vorragenden Hutrand ihr Gesicht verdecken lassen; den Augen des Sängers zu begegnen, fand sie sich nicht gewappnet. Sie fühlte sich auch gar zu sichtbar hingesetzt. Sie war an ihrem Tisch die einzige Dame, und sie trug zu ihrem großen Pariser Hut mit der grauen Straußenfeder einen auffallenden weißen Mantel und eine Spitzenstola darauf. Als das Lied zu Ende war und sie unter ihrem Hutrand hervorschielte, stand vor ihrem Vetter ein großer, schwarzer junger Mann, gelblichen, schmal geschnittenen Gesichts, von besonnener Haltung und mit schweren Zügen zu den Flanken der langen, abgeplatteten Nase. Er sah Leonie an und dann ihren Vetter, der sich nicht regte. Der junge Mann mußte erst ausdrücklich bitten; dann sagte der Kapellmeister unlustig: »Herr Rothaus.«

Und Rothaus verneigte sich und zog sich einen Stuhl

neben Leonie, als sei er eben dazu hergekommen. Er lehnte sich leicht gegen sie vor und schien ein Gespräch wieder aufzunehmen, das man unlängst in gegenseitiger Höflichkeit und Sympathie verlassen hätte. Er hatte Bewegungen, hinter deren Entschiedenheit sich Unsicherheit verriet. Beim Lächeln duckte er leicht den Hals; und sein Lächeln war etwas starr und enthielt die Bitte, man möge es für harmlos hinnehmen. Stirn und Augen sahen nach Migräne aus; die Lider fielen dunkel und schmal herab auf braune, langsame Blicke, die zu melancholischer Prüfung ausgingen und, wenn Leonie ihnen die ihren entgegenschickte, sich zurückzogen, sich entschuldigten und um Schonung baten. Ritterlichkeit und Geschicklichkeit waren im Gehaben seines Körpers, Kultur und Schwäche in seinem Kopf. Leonie fand ihn, auf den knochigen Schultern, dem geraden, leicht ausgehöhlten Nacken, häßlich und bewunderungswürdig, diesen Maurenkopf aus lauter mageren Längsfalten, worin dünn, breit und bartlos der Mund lag. Ihre Bewunderung und das Neue in seinem Typus machten, daß sie sein Gespräch ungewöhnlich wichtig nahm.

Und so fiel ihr auf, daß seine Stimme klug und lässig sei; daß seine weltkundigen, trocken zynischen Wendungen angewöhnt klängen; daß diese Standessprache von Kaufleuten hohen Stils mit einem Stich ins Feudale an ihm sich ausnehme wie

Zufall, wenn nicht wie Maske. Darauf glaubte sie in seinen Worten nur mehr etwas Ungefährliches zu vernehmen. Sie begann sie für achselzuckende Andeutungen zu halten in einer Sprache, die nicht die seinige wäre, mit der er sich abgefunden hätte, der er keine genauere Mitteilung seines Eigenen mehr zumutete. Sie brachte diesen Verzicht in Zusammenhang mit seiner müden Gemessenheit, und sie riet und horchte auf.

Ihre nachdenkliche Miene bewirkte in ihm ein Gefühl der Verantwortlichkeit für das, was er ihr unterbreitete; und der Ernst, den sie sich gegenseitig einflößten, bestimmte ihrem Gespräch die Richtung. Oft mußten sie ihre Gesichter einander nahe bringen, um sich zu hören; denn die Posse, die jetzt gespielt ward, zeitigte im Saal erschreckte Freudenausbrüche. Bei etwas ganz Unerhörtem spreizte eine Dame gleich vor ihnen die Hände aus und fiel, hoch aufkreischend, mit der Nase auf den Tisch. Hinterher sah sie sich schambedrängt um, mit dem Bewußtsein, daß sie den Witz gar nicht hätte verstehen dürfen. Der Kapellmeister lauschte angestrengt durch den Lärm, was Leonie mit Rothaus rede, und als er einige Worte ergattert hatte, fuhr er mit beleidigtem Ausdruck zurück. Er begann heftig zu sprechen, machte stürmische Gesten; er rief umsonst: »Leonie, jetzt kommt was!« und: »Prost, Rothaus!« und er lachte mit den andern über ihren

Ernst. Er selbst aber ward allmählich schlaff und verdrossen. Beim Weggehen, während Rothaus sich noch seinen Mantel zurückgeben ließ, sagte der Kapellmeister in dem Kreis um Leonie:

»Ich begreife dich nicht mehr, das mußt du mir nicht übelnehmen. Über das Buch redet ihr hier, gerade hier? Solche Stilwidrigkeiten hätte ich dir nie zugetraut. Über das Buch zu reden, während ›Herr Strauß‹ gespielt wird, das ist genauso zum Totschlagen, als wenn einer im ›Tristan‹ die ›Fliegenden Blätter‹ liest.«

»Beruhige dich, ich habe sie ja nicht dir vorgelesen«, entgegnete Leonie.

»Nun, dagegen würd ich auch was getan haben. Dafür mußt du mir gefälligst einen Getreidejuden aussuchen, der den Ästheten mimt.«

»Na, nun setzt das Geschäft nur fort«, sagte er, da Rothaus zurückkam, und ließ die beiden vorangehen. Nach einer Weile wandte Leonie sich um und machte kund, sie wolle nicht mehr ins Café. Warum, gab sie nicht an; und ihr Vetter fragte in wirrer Besorgnis wegen der Wendung der Dinge bei den andern umher, was sie haben könne. Eine Strecke vor ihrer Wohnung rief er entschlossenen Tones Rothaus beiseite. Darauf kam sein großer Augenblick; er hatte aufzuschließen, seiner Kusine hinaufzuleuchten. Beim Abschied versäumte er es nie, einem nach dem andern in die Augen zu sehen;

denn es pflegte darin für ihn nur Schmeichelhaftes zu stehen. Rothaus aber sah er nicht an. Er fürchtete auch, Leonie werde seine Hilfe nicht wollen; doch ließ sie ihn machen. Droben in ihrem Schlafzimmer fragte sie ihn:

»Was hast du ihm zu sagen gehabt?«

»Ich hab ihm für alle Fälle gleich unter die Nase gerieben, wer du bist.«

»Du – Schlaumeier, das weiß er schon besser als du!«

Sie schob ihn bereits über die Schwelle zurück. Er fragte in Eile:

»Warum wolltest du denn nicht ins Café? Hoffentlich nicht gekränkte Leberwurst?«

»Mich kränken? Das geht schwer – heute abend. Nein, sondern weil ich von euch allen genug hatte. Gute Nacht.«

Sie lachte glücklich und zog die Tür zu. Er war heraus aus dem Schlafzimmer und mußte, sehr gedrückt, die dunklen Treppen wieder hinunter.

Das nächste Mal verlief es für ihn noch schlimmer. Leonie hatte in den Zirkus gewollt, den Kapellmeister befiel gleich eine peinliche Ahnung – und dann saß in der Nebenloge Rothaus. Er kam zu ihnen herein und machte Anmerkungen zu den Vorführungen der Schulpferde. Der Reiter erlaubte sich, Rothaus zufolge, lauter für Laien berechnete Witze. Die Sache selbst besorgte er schlecht, das merkte niemand, weil in ganz Deutschland nur ungefähr hundert Personen die Hohe Schule erlernt hatten, darunter Rothaus sowie ein Münchener Prinz. Der Kapellmeister wartete gespannt, ob er hinzusetzen werde: »Mein Freund.« Dies unterblieb; auch hörte sich alles gelassen an und ziemlich selbstverständlich; und wenn man Rothaus ansah, mußte man zugeben, der Anblick rechtfertige seine Rede oder strafe sie doch nicht Lügen. Der Kapellmeister versteifte sich dennoch im Innern darauf, daß dies alles im Munde eines Kornspekulanten ohne weiteres die lächerlichste Prahlerei sei. Und Leonie! Sie wunderte sich teilnahmsvoll; sie ordnete sich förmlich unter: sie! Wo blieb ihr Geschmack? Allen Ernstes, wohin war ihr Stilgefühl geraten? Er erklärte wütend, die Frau, die da jetzt herumhopse, habe seine Zustimmung, und in dem Fall sei der Gaul ihm ganz gleichgültig. Rothaus entgegnete mit hängenden Lidern, für einen Sachverständigen existiere die Frau gar nicht oder höchstens die Hand am Zügel. »Ich versichere Sie, ich wußte bis jetzt noch nicht, ob sie blond oder schwarz sei.« Und nun dankte Leonie ihm; ihr Blick, der sich nur schwer wieder zurückzog, dankte ihm. Der Kapellmeister hielt es nicht länger aus. Während der Pause, wie Rothaus sie in den Stall führte, verschwand er einfach. Mochte sie glauben, er sei bei der Zirkusdame, die ihm gefallen hatte.

Draußen sah er sofort ein, daß sie darüber gar nicht nachdenken werde. Sie hatte genug zu tun, wenn sie auf Rothaus' Offenbarungen lauschte – denen er sie überlassen hatte. Ihm ward heiß und kalt. Zum Umkehren gebrach es ihm an Mut; statt dessen entsendete er zwei Stunden später von der Schwelle mehrerer Restaurants einen vergeblichen Blick durch das Lokal. Ein fürchterlicher Gedanke packte ihn an; er fuhr in die Tasche: Nein, gottlob, sie hatte ihren Schlüssel selbst. Was wäre sonst geschehen? Er begab sich vor ihre Wohnung; sie war erleuchtet. Er ging nach Hause. Was wäre also sonst geschehen? Oder auch was geschah jetzt? Aber gegen diese Frage empörte er sich. Was machte er sich für einen Begriff von Leonie! Sie war ja zu gar nichts imstande. Im Grunde viel zu bürgerlich – mehr als das: kalt. Die Reden, die sie führte? Reden – sonst würde sie sie nicht führen. Andererseits: die Kalten erlebten oft das meiste, aus bloßer Neugier und weil es sie wenig kostete, oder durch Willen, indem sie es sich vorschrieben. Und Leonie war ein Geschöpf des Willens, gescheit und naiv. Wie störrisch mußte sie sein, um nur seiner Rasse zuliebe noch den Rothaus und seine Fratze schön zu finden! Die Kalten gelangten auf diesem Wege bis zu Perversitäten ... Aber Unsinn, sie war nicht kalt, sie war alles andere, – und dies hatte sich zum Trost nur einer vorgeredet, den sie verschmähte!

Mit argem Hin und Her verstrichen ihm drei Tage. Er behauptete, es sei unnütz, er möge seine Zeit nicht verlieren. Er gab sich die Erklärung ab, daß er, versäumte er dieses Weib, nicht mehr werde leben wollen. Er hielt sich vor, sie sei eine Angelegenheit seiner Musik und nichts weiter. Er antwortete, das genüge, und weinte eine Stunde lang bei verschlossener Tür über Leonies Vollkommenheit und darüber, daß er sie erkannt hatte. Dann ging er in die Probe, froh versichert, er sei fertig mit seiner Liebe; – und bei seiner Heimkehr befiel sie ihn wieder, ganz so, als habe sie in seinem Zimmer, in der Dämmerung, zum Sprung bereit gelegen. Unter einer wüsten Wallung von Gier stürzte er in ihre Wohnung.

Sie stand schön angezogen und polierte ihre Nägel mit einem Fensterleder. Der Kapellmeister schlug keinen Umweg ein, er sagte heiser, mit bleicher, verschwommener Angstmiene, einige Worte, die sein darin pochendes Schicksal aus den Fugen drängte, fiel mit einem Krach auf beide Knie und suchte Leonies Hände zu fassen. Sie schrie auf: »Laß mich!« und »Du bist mir widerlich!«

Fassungslos stemmte sie die Hand mit dem Fensterleder gegen sein drangvoll zu ihr hinaufschmachtendes Gesicht. Er verlor den Halt, war genötigt, hinter sich zu greifen; dabei dachte er: ›Natürlich. So muß es kommen, wenn ich mal wild werde.‹

Sie war zurückgetreten, und sie stampfte auf, gereizt bis zum Weinen.
»Was fällt dir denn ein, wie kannst du mich anfassen, so etwas ist ja widerlich!«
Dies hielt er, trotz seinem eigenen Überschwang, für Übertreibung. Er stellte sich auf die Füße und sagte:
»Das laß gut sein, Kind; wenn du selbst verliebt bist, kommt dir das anders vor.«
Sie schrie: »Nein! Niemals!«
Und sich fassend, mit einer herrischen Begeisterung, worin ein Geheimnis mitklang:
»Keine Berührung, nie! Meinen Körper kann ich keinem geben, solange ich lebe, nicht!«
»Was ist denn los?« fragte er erschüttert und versuchte, ihre Hand zu nehmen.
»Nichts. Laß mich. Du weißt jetzt Bescheid.«
»Was soll ich wissen?«
Er dachte: ›Ist sie ernstlich verhindert?‹ Betäubt durch diesen unvorhergesehenen Schlag, fiel er auf einen Stuhl und preßte den Kopf zwischen die Hände. Nach einem schweren Schweigen hatte eins sich ihm erhellt. Auf diese Weise war er nicht allein der Verschmähte. Sie verschmähte alle. Das war viel weniger hoffnungslos! Er richtete sich auf; Leonie war wieder bei ihren Nägeln.
»Die Sache erkläre mir, bitte, noch etwas ausführlicher. Was ist denn das für eine Bieridee?«

»Es läßt sich nicht jedem erklären« – und sie sah nicht einmal auf.
Er kam wieder auf sie zu, die Finger verschränkt.
»Aber einem, der dich sehr, sehr lieb hat? Der mit dir einen ganzen Kalvarienberg ersteigen würde?«
Sein Atem, der nach Zigarren roch, traf sie. Aufgebracht entzog sie sich ihm.
»Du gehst mich nichts an! Du sollst mich in Ruhe lassen!«
Soviel Härte stieß ihn ab.
»Kann geschehen«, erklärte er. Darauf fühlte sie sich gedrängt, ein wenig nachzugeben.
»Überhaupt schwächt das Körperliche uns Künstler«, bemerkte sie. »Wir müssen uns rein und stark erhalten.«
Er konnte nicht unterdrücken:
»Besonders jetzt, wo du keine Rollen kriegst.«
Leonie, auffahrend: »Wer wollte mir denn welche verschaffen? Wer hat denn geprahlt, er könne mir hier eminent viel nützen?«
Er fand sich plötzlich daraufgestoßen, daß er die ganze Zeit nur an sich gedacht, nur dahinterher gewesen war, wie er sich mit ihr auf Festen vergnügen, wie er Ehre mit ihr einlegen, wie er sie endlich bekommen könne. Rasch überwand er den Gewissensbiß. Ob sie glaube, daß sie ohne ihn auch nur die Frau v. Valfontaine gekriegt haben würde? Sie wußte genau, daß sie die Rolle dem Helden ver-

dankte, der Grund gehabt hatte, »der andern« einen Streich zu spielen. Das Gespräch, das auf einen Fußfall zurückblickte, machte Miene, sich in einen Kollegenzank aufzulösen.

»Lassen wir das lieber«, meinte Leonie. »Ich gehe ein paar Straßen, sie sind doch trocken?«

Beim Überstreifen eines Handschuhs:

»Wem meine Hand nicht auffällt, der liebt mich überhaupt nicht, wie ich geliebt werden will. Der sieht mich gar nicht.«

Der Kapellmeister färbte sich hellrot vor Entrüstung. Wenn nicht ihre festgepolsterte Hand mit den langen, zugespitzten Fingern das erste gewesen wäre, was er von Leonies großer Veränderung bemerkt hatte! Er stieß hervor, er werde also künftig ihre Gliedmaßen einzeln besingen.

»Ich bin stolz auf meine Hände. Rothaus nennt sie Madonnenhände.«

»Wie neu!« höhnte er; – und draußen, im Gehen, beschäftigte er sich weiter mit Rothaus. Ob ihr denn nicht der ganze Mensch falsch klinge! Ob das nicht unanständige Verfeinerungen seien, die einer sich nur auf Grund seines Geldes anmaße! Sie sollte einmal, während er zugegen sei, an die mutmaßliche Sprache seiner Großeltern denken, an die Sitten, die sie wahrscheinlich hatten; und plötzlich werde sie es heraushaben, daß der ganze Kerl zum Schreien sei.

»Doch nicht«, erklärte Leonie. »Er und seine Familie besitzen allerdings geradesoviel Millionen, wie Harry Jahre alt ist.«
›Harry!‹ dachte der Kapellmeister und vermochte nicht mehr zu sprechen.
»Darum sind aber seine Vorfahren auch nicht übel. Sie sind in Spanien, vor der Inquisition, Minister gewesen. Er hat mir gesagt: als die Juden vertrieben wurden, gab es kein großes Geschlecht, in dessen Blut nicht etwas von ihrem geflossen wäre.«
»Wenn er's sagt . . .«, versetzte der Kapellmeister, nur noch traurig. Leonie sprach zu Ende.
»Aber trotzdem, gewiß, das kann kein Mensch vermeiden, daß es in seine Art, sich zu fühlen, eingreift, wenn er nirgends als ganz unverfänglich durchkommt. In welcher innerlichen Spannung muß einen das erhalten! Da alle ihn in Zweifel ziehen, fängt er an, es selbst zu tun, und wird noch fremder und einsamer. Er zersetzt sich, er pflegt ruhelos seinen Geist. Glaubt nur nicht, ihr wäret so gebildet wie er! Wenn ihr gebildet seid, ist es Liebhaberei. Er aber ist es aus Zwang, seiner Selbstbehauptung wegen. Haltet euch erst für so fragwürdig, wie er ist, dann werdet ihr erfahren, was Kultur ist.«
»Das genügt«, sagte der Kapellmeister bitter.
»Das genügt durchaus nicht. Er ist nicht eben hochgemut, sondern schwach. Daß er prahlt, vielleicht

sogar lügt, seine Unsicherheit, und daß er die Menschen nicht liebt, das kommt alles, weil er nicht eben hochgemut ist. Aber er will es auch nicht sein. Er will sich und seine Fragwürdigkeit. Etwas Ganzes – Bester!«

»Danke ... Wie weit darf ich dich übrigens begleiten?«

»Nicht ganz bis an den Geraunerhof.«

»Ah! Du gehst wohl soupieren. Mit ...?«

»Oh, wir essen jetzt jeden freien Abend zusammen. Wir haben gemerkt, daß wir reden und sogar den andern reden lassen können, ohne daß einer sich langweilt. Nun, und da das nicht häufig ist ...«

»Viel Vergnügen also«, sagte er, bleich und verbissen, mit umherirrendem Blick, und stürzte davon, überzeugt, daß Leonie mit dem Menschen bereits ein Verhältnis habe. ›Diese hysterische Anbetung! Mir wäre sie nicht einmal angenehm!‹ Die bedeutungsvollen Reden vorhin in ihrem Zimmer waren Schwindel und Komödie gewesen wie gewöhnlich. ›Sie hat Angst vor mir bekommen und mir darum etwas vorgemimt.‹ Oder wenn sie noch kein Verhältnis hatten, dann wollte sie ihn heiraten. Dann war es begreiflich, daß mit Liebe bei ihr nichts zu machen war, weil sie den Kopf voll Zahlen hatte! Er sei recht froh, sagte sich der Kapellmeister, daß er sie auf diese Weise losgeworden sei. Er habe seine Pflicht getan (alles, meinte er, was ein Mann,

der eine Frau vielleicht bekommen kann, zu versuchen sich schuldig ist); ›jetzt heißt es nur noch, die Zähne zusammenbeißen‹.
Er hatte einen wilden Umweg gemacht, war nach kurzen Minuten am selben Fleck und lief vorbei, ohne zu sehen, wie Leonie und Rothaus aus dem im Lampenlicht glitzernden Reifgeäst der Anlagen traten und langsam in das Hotel hinübergingen. Sie gingen, um wieder in einem Winkel des prachtvollen Salons miteinander allein zu sein, einander von sich selbst zu sprechen und über viele Gedanken hinweg immer bei einem zu enden. Leonie sagte vom Theater, was sich sagen ließ, ohne Abscheu zu erregen. Er erzählte sich ihr. Er ward durch seinen Vater geschäftlich hart angestrengt. Im Hause Rothaus arbeitete man zäh am Zurückholen großer Kapitalien, die auf einmal verlorengegangen waren. Harry fuhr oft nach Brüssel, nur zu einem Besuch der Börse. Während er telegrafierte, umdrängten ihn die Händler, um seine Geheimnisse abzufangen. Am selben Abend saß er wieder daheim in seinem Zimmer, das schwarzseidene Tapeten und helle Möbel hatte, und las. Er las sehr viel und vermochte zu zitieren; – und Leonie, aufgestützt, zwei Finger unter dem Kinn und mit Lippen, die sich leise voneinander lösten, erhorchte hinter den gleichgültigen Worten das, was sie ihm waren, was sie wurden durch ihn. Plötzlich begriff sie das schein-

bar Allgemeinste: so lange hatte sie nichts lesen können als Geschichten. In dem Buch, an dem sie, bei den Budapestern, sich kennengelernt hatten, in ihrem Buche stand:

»Jeder körperlich oder geistig Ausgezeichnete ist vor allem ein Gezeichneter.«

Und Leonie sah ihn vor sich sitzen, den Paria der Höhe. In ihrem Buche stand:

»Das Leben verengt sich nach oben. Sie können ganz oben sich nicht mehr bewegen, nur noch denken: ihre Leidenschaften, ihre Verbrechen, ihre Liebe selbst – nur noch denken.«

So war es. Man hastete sich ab und verdiente; man spielte Komödie und hastete sich ab – und die Entschädigung der Einfachen, das sinnliche Glück, versagten einem die allzu wählerischen Nerven. Nun waren sie am Ziel und sprachen über Liebe und über die beim hochstehenden Menschen immer mehr verarmende Auswahl. Wie rasch im Entschluß war der aus dem Durchschnitt! Ein hervorragend entwickelter Körperteil bewog ihn zum Heiraten; eine Frau ward angelockt durch einen Bierkutscher-Torso. Ein wenig darüber gab es welche, die das geistige Zusammenleben in Betracht zogen. Aber die Möglichkeit hierzu ward, höher hinauf, immer geringer.

»Wie unmöglich Liebe ist für unsereinen! Man ist allein und hinter eisernen Pforten. Ein Wesen, das zu einem eindringen möchte, rennt blind gegen die Wand und meint, es sei drinnen. Es macht etwas ganz Falsches aus einem und stimmt einen unbehaglich. Es will einen, wie mehrere Frauen, die ich kannte, für ihre Bedürfnisse zurechtphantasieren und ummodeln. Übergriffe und Unverstand. Sie sagt: ›Wie ich Sie verstehe!‹ und ich fühle: ›Aus was für einer unmöglichen Gegend bist denn du herverschlagen?‹ Kennen Sie so etwas?«

»Ob ich es kenne!« sagte Leonie.

»Ich denke mir ihr Haar zurückgestrichen, mit den Händen weggehalten, und sehe dann die Gesichter ihrer männlichen Verwandten. Der weibliche Reiz ist ein beseitigter Trug; die fremde Familie tritt darunter hervor, lauter eigensüchtige, trockene, lauernde, ewig feindliche Züge; der fremde Geist verrät sich, giftig oder fade ... Ich bringe es nicht fertig, die Töchter und Schwestern der andern zu lieben! Denn ich liebe die andern nicht; ich ziehe mich innerlich zusammen bei ihrer Berührung. Mich mit ihren Körpern, mit ihren eigenen, ins Weibliche übersetzten Körpern vermischen? Niemals!«

»Sie haben also nie geliebt?« fragte Leonie mit verhaltenem Atem. Rothaus verneinte es.

Sie vermutete, er sage nicht die Wahrheit. Übrigens behauptete sie gleich darauf dasselbe – und vergaß nicht, daß sie lüge, daß die Wirklichkeit anders gewesen war. Aber die Beziehungen, die sie zueinander fühlten, waren in Tiefen geknüpft, in denen die äußere Wirklichkeit nicht mehr galt und über die man nichts aussagen konnte. Man mußte darüber hinwegreden, den Lippen Falsches überliefern, damit die Seelen aufeinander zukommen und sich ihr Wahrstes gestehen konnten. Denn das Wahrste war in der Leonie, die dem Harry Rothaus gegenübersaß, eine helle, strenge Begierdelosigkeit, ein geistiges Zu-ihm-Hin, das von der Verachtung des Fleisches etwas wundervoll Prickelndes bekam. Das Denken war ein bis hierher unbekannter Genuß. Die elektrischen Lüster, die Kerzen auf dem Tisch entsandten merkwürdig schimmernde Lichtwellen; und sie meinte, die aus der Vase geneigten Blumen spiegelten sich in dem silbernen Geschirr wie in einer unerhört klaren Quelle. Sie aß wenig und ohne es zu merken; seine Worte waren ihre Leckerbissen.

... Dies also machte die auf dem Gipfel zu Asketen: das Wissen um unsere Einsamkeit. Denn wir alle waren zur Einzelhaft verurteilt, zeitlebens; aber nur der, den seine Nerven darüber aufgeklärt hatten, verlor sein Anrecht auf den frommen Betrug der Liebe. Er hätte den Stolz auf sein Eigenstes niederlegen müssen, bevor er seinen Sinnen erlaubte, sich über die Weiber der Fremden zu stürzen. Jene mochten es tun, die an die einigende Macht der

Liebe glaubten, ein Wunder von ihr erhofften. Für ihn, der gewiß war, in allen Umarmungen allein zu bleiben, war Liebe eine düstere Unzucht, ein Selbstverrat an Nacht und Schmutz ... Dort unten gab es irgendwelche, die von Fleischessünde redeten? Ach, wie konnten die wissen, was das hieß? Hier erst erfuhr man es!

Dennoch kam es vor; man fand auch hier, auf diesen Ausläufern eines kalt und gebärdenlos gewordenen Lebens, einen Gefährten, seinen Gefährten, vielleicht den einzigen in der Welt, dem man nicht umsonst ein Zeichen von sich gegeben hätte. Es war ein unbegreifliches Glück; wer würde es zu erwarten gewagt haben? Man bedenke: alle die Millionen wären taub und stumm geblieben, und der eine, der unsere Sprache kannte, trat aus den Millionen, aus dieser finsteren Wolke, einsam erhellt auf uns zu! Wenn es eine Frau war, dann war sie viel mehr als eine Geliebte. Ihr gehörte die Schwesterseele – und der Zauber ihres Geschlechtes war enthalten in einem Fleisch, das eine namenlose Verwandtschaft zu weihen schien. Der Gedanke, es zu berühren, schlug einen mit dem heiligen Grauen, das den Inzest umgab. Man trat zurück; man liebte sich in Gedanken, ohne daß auch nur die Hände sich streiften. So war hier das Schicksal ... Und er sah sie mit der Trauer seines müden Blutes auf der gefalteten Stirn lange bewegungslos an. Sie lächelte

ernst und nickte. Sie war stolz auf ihn. Sie hatte mit ihm Mitleid. Sie fühlte sich klar durchströmt von der geistigen Liebe, um die er sie bat; frei und ruhig in der Gewißheit, zu sein, was er wollte. Und ihre schwesterlichen Augen waren groß auf ihm.
Wenn er sie dann heimbegleitete, empfand sie, es gehe sich seltsam leicht; die kalte Luft trage einen, man habe das helläugige, unberührbare Sternenflimmern förmlich im eigenen Kopf und atme aus vollen Lungen die unermeßlichen, rings ausgebreiteten Versprechungen, die ohne Namen waren.
Im Theater, wo sie für die Geliebte des reichen Rothaus gehalten und höher dafür geachtet ward, zeigte sie sich nur noch, wenn sie hinbestellt war; die Welt dort war ihr fremd geworden. Dieses Geduztwerden, dieses Sich-gemein-Machen, diese allgemeine Übung, jedem Gedanken die Form einer Zote zu geben! Sie war ehemals stolz darauf gewesen wie auf die Unabhängigkeit des Standes, der den bürgerlichen Begriffen ins Gesicht lachte. Sie hatte scheinbar vorbeigehört an Schmutzereien, war aber, sooft man sie ihr zum besten gab, von demselben Vergnügen erfaßt worden wie beim Einziehen der staubigen Bühnenluft. Das war dahin. »Die andere«, mit der sie die Garderobe teilen mußte, demütigte sie mit jeder Geste. Jetzt fragte sie sich, ob sie hier noch werde aushalten können: Das aufgeregte Treiben der Komödianten, ihre un-

verschämten Triebe, ihre blinde Eitelkeit und Rachsucht stimmten sie düster und erregten ihr Ekel, wie das Hin und Her stark riechender Tiere in einem Käfig. Dann erinnerte sie sich, daß sie dazugehört hatte, gedachte der Leonie, die sie im vorigen Winter gewesen war, der Erfahrungen, die ihr Blut, ihr Körper hinter sich hatten, – und begriff es nicht mehr, konnte es nicht glauben und versank in das Befremden, die rückwärtstastende Angst eines, der sich vorstellt, er sei als ein anderer schon einmal dagewesen.

Sie blieb viel allein; und bei allem, was sie unternahm und sann, begleitete sie ein Abwesender. Denn sie sah ihn wenig. Er ward jetzt häufiger auf Reisen geschickt. An Abenden, die sie zusammen hatten verbringen wollen, kam mehrmals eine telegrafische Absage aus einer anderen Stadt, wohin er im letzten Augenblick sich hatte begeben müssen. Sie setzte sich in dem schwarzen Spitzenkleid, worin er ihre blonde Schönheit am meisten bewunderte, zu ihrer Lampe und las sein Lieblingsbuch. Sie kaufte sich alle Bücher, denen er Empfindungen entgegengebracht hatte, und vermischte beim Lesen die ihrige mit seiner. Einst fuhr sie nach Köln, um in Sankt Gereon eine Statue zu besichtigen, von der er mit Erregung gesprochen hatte. Sie fuhr nur hin, machte der Statue ihren Besuch und kehrte zurück, ohne etwas anderes gesehen zu haben.

In einer Oper hatte sie einem Madonnenbild ihre Hände zu leihen. Ihre Hände erlangten dabei Berühmtheit; und sie war stolz auf Harry, der auch ohne Lilien und Nimbus ihre Hände erkannt hatte. Er plante mehrmals, zu kommen, sei es nur zu ihrer Szene, und schließlich war er immer abgehalten worden. Dafür versprach er unumstößlich, auf dem Budenfest zu erscheinen, das für irgendwelche Zwecke die Theaterleute den Bürgern gaben.
Leonie verkaufte Sekt. Sie stand unter einer Laube von Blumen: in ihrem großen Pariser Hut, den weißen Spitzenmantel geöffnet über dem Flieder auf den schwarzen Spitzen des Kleides, das er bevorzugte; frisiert zu breiten Wellen, schön geschminkt, mit ringlosen Händen wie aus weißen Blüten; und zwischen schmalen Kohlenrändern hervor eilte ihr Blick hell und unnahbar über das Gedränge. Man belagerte sie, um ihre berühmten Hände zu sehen. Aber es vergingen Stunden, und er zeigte sich nicht, er. Im Hin- und Herlaufen fragte sie die zweite Verkäuferin, eine Artistin, die noch nicht lange in der Stadt war, ob sie nicht Herrn Rothaus bemerkt habe? »Herr Rothaus?« hieß es. »Sie meinen wohl den reichen Getreidehändler? Ja, er ist mit einer seiner Kolleginnen da.«
Leonie fühlte sich kalt werden; sie griff mit der Rechten in das Flechtwerk der Laube ... Die Betäubung schwand, Leonie sah sich um; waren das

nur Sekunden gewesen? Niemand schien etwas bemerkt zu haben. Aber das Glas, das ihre Linke nicht losgelassen hatte, war verschüttet. Sie füllte es, nahm das Geldstück; dann, zusammengerafft und lachend:

»Wo steckt denn dieser Rothaus, Fräulein? Zeigen Sie ihn mir, bitte.«

Sie beugten sich zusammen hinüber, die andere suchte; schließlich streckte sie den Arm aus. »Dort, mit Miß Violet. Sehen Sie?« Leonie sah; es war ein ganz anderer – und im selben Augenblick betrat dahinten Rothaus den Saal. Leonies Hand tat einen Ruck nach ihrem Herzen hin; der Blutstrom, der auf ihr Herz zugeschossen war, verlief sich; sie stieß einen Seufzer aus; und sie erstaunte, wie bei einem Erwachen zwischen fremden Wänden. Wo war sie? Also das war's! Sie liebte ihn! Ihr Gefühl war nicht schwesterlich, oh, gar nicht schwesterlich. Daß sie sich hätte täuschen können! Was wäre aus ihr geworden, wenn sie seinen Arm einer anderen dargeboten gesehen hätte? Sie erschauerte; – und auf einmal stieg in ihr das Glück auf und entfaltete sich, süß und stark wie der Schwall großer Liebesmusik.

Rothaus bahnte sich einen Weg zu ihr her; sie lächelte ihm entgegen, zwischen ihren Antworten auf die Scherze der Männer, die an ihren Schenktisch drängten. Viele begehrliche Gesichter folgten demütig ihren Mienen und Gebärden, die unversehens, wie vom Erfolg, prunkend und lässig waren. Man fing an, ihren Wein mit Gold zu bezahlen. Rothaus war vorgedrungen bis in die zweite Reihe. Er hatte eine gefaltete Stirn, und er grüßte gezwungen. Sie gab ihrer Anmut noch mehr Herausforderndes.

»Die letzte Flasche!« verkündete sie. »Wer kauft sie ganz?« Die Arme reckten sich, es entstand Geschrei.

»Ah, Sie, Herr Rothaus?«

Er brach vollends durch und legte einen Tausendmarkschein hin.

»Ausverkauft!« sagte Leonie.

Da man noch weiter auf sie eindrang, wiederholte Rothaus, und er wandte sich, erbleicht, nach den andern um:

»Ausverkauft!«

Mit einer Gereiztheit, ihr nur fühlbar, bat er:

»Darf ich Sie zu der letzten Flasche einladen, gnädiges Fräulein?«

Sie rückte den Tisch ein wenig zur Seite, ließ ihn ein; und sie verschwanden durch die Rückwand der Laube.

In der Menge, sein krampfhaftes Flüstern:

»Warum benahmen Sie sich so mit den Offizieren? Ich habe Sie so noch nie gesehen!«

»Habe ich Ihnen mißfallen?« Und in ihr jubelte es: ›Er ist eifersüchtig, er liebt mich!‹

»Das hübsche Bauernhaus dort im Winkel!« sagte sie. »Und es ist leer, dorthin gehen wir!«
»Sie wollen mit mir dorthin, wo es leer ist? Das – freut mich. Sie haben also genug von den Huldigungen der Leute?«
»Wer sagt Ihnen, daß die mich glücklich gemacht haben? Ich habe mich betragen, wie es nützlich war für das Geschäft. Ich wollte gut verkaufen; und ich habe den größten Erfolg gehabt von allen.«
»Wie sollten Sie nicht? Sie sind schön. Es ist erstaunlich, wie schön Sie sind.«
Sie dehnte sich in ihrem Stuhl; und unter seinem Blick, der auf ihr weidete, entglitt ihrem Gesicht ein langsames, schwelgerisches Lächeln.
»Wenn ich Sie aber gebeten haben würde«, sagte er leise und beugte sich vor, »sich nicht in die Bude zu stellen, nichts zu verkaufen?«
»Falls Ihnen ein wirklich großer Gefallen damit geschehen wäre; ich bin ja Ihre Freundin, Ihre – schwesterliche – Freundin.«
»Das wäre Ihr einziger Grund gewesen?« Er schluckte hinunter. Seine ungeschickte Erregung beglückte sie und machte sie weich.
»Mir ist am wohlsten hier«, sagte sie gütig. Er atmete auf.
»Wie ich Ihnen das danke!« Und die Stirn stützend: »Wieder Tage umsonst gelebt – immer neue Tage umsonst, ohne Ihnen die Hand zu drücken: Ihre

Madonnenhand, die ich so gern in ihrer Glorie gesehen hätte, wie sie sich aus einem Bilde herausneigt und ein Wunder tut! ... Jetzt darf ich sie drücken – endlich ... Aber« – und Leonie fühlte, wie die Finger, auf denen er ihre Hand trug, zu zittern begannen – »ist denn dies eine Hand, die man drückt? Oder darf man sie nur mit anbetenden Lippen berühren?«

Unter dem Schauer seines Kusses gedachte Leonie seiner Worte von einst: »... ohne daß sich auch nur die Hände streifen ...«

Bekannte traten ein und setzten sich zu ihnen. Sie tranken und wurden laut. Rothaus war aus seiner Unsicherheit unter vier Augen mit einem Sprung zur führenden Rolle in der Gesellschaft gelangt. Er forderte zu einer Runde durch den Saal auf, reichte Leonie den Arm, und sie machten sich daran, ihr Geld und ihre Laune unter die Verkäuferinnen zu streuen. Am Glücksrad fragte er nach Leonies Geburtstag, setzte auf die Nummern, verlor alles und lachte siegesgewiß. Dann soupierten sie in großem Kreise. Wie er bezahlen wollte, fand er seine Geldtasche leer. »Kein Wunder«, meinte Leonie, denn sie hatte ihn mehrere tausend Mark ausgeben sehen. »Wie dumm!« erklärte er. »Ich habe nicht daran gedacht, mehr zu mir zu stecken als gewöhnlich.« Und sie war entzückt. Die Prahlerei klang ihr bei dem Menschen, als den sie ihn kannte, wie ein aufstachelnder Mißklang in einem gedämpften, allzu feinen Spiel.

»Zum Glück kommt dort meine Schwester, die wird mir aushelfen.«

Er holte ein schönes, braunblasses Mädchen herbei.

»Darf ich bekannt machen?«

Die Schwester verhielt sich freundlich; aber die feuchtglänzenden schwarzen Augen unter ihren zusammengewachsenen Brauen durchsuchten Leonie mit gespannter Aufmerksamkeit, wie eine Persönlichkeit, die, ohne je das Haus betreten zu haben, in einer Familie schon längst von drängender Wichtigkeit ist.

Sie gingen tanzen; und sie wanderten umher, alles sehr gemessen. Dennoch fühlte sie lauter Ausgelassenheit unter seiner Oberfläche und in ihren eigenen Gliedern wie ein Jauchzen bei jedem Schritt. Sie traten, als hätten sie sich verabredet, vor jemand hin, und Harry stellte vor:

»Herr und Frau Rothaus.«

Ziemlich inmitten des Saales führten zwei Stufen auf den Platz unter einem großen Blütenbaum. Er bat sie durch eine kleine, spöttisch feierliche Verneigung, da hinaufzusteigen. Sie setzten sich und blickten umher. Leute stellten sich ein – das Frohlocken, das von den beiden Menschen ausging, mochte sie her nötigen –, dienerten, demütigten sich, man wußte nicht, ob vor den Millionen des

jungen Mannes oder vor Leonies Schönheit; und die beiden lachten sich an, mit dem frechen Über-alles-Hinaus des Glücks, das in sich die Verachtung der Sterblichen trägt.
Drüben an der Wand sah Leonie einen alten Herrn stehen und sie betrachten, unverwandt und so bar alles Wohlwollens, daß sie stutzte und plötzlich die Mundwinkel hängenließ.
»Wer ist das?« fragte sie unterdrückt. Und er, mit Trotz und ohne hinüberzusehen: »Mein Vater.«
Ihr war's, als habe sie es geahnt; und sie musterte mit leiser, tiefer Angst ihren Feind . . . Gleich darauf lachte sie übermütig, empfand den Kitzel, sich zu rächen für die Sekunde Ernst, die jener alte Mann ihr auferlegt hatte, und war nahe daran, ihm Kußhände zuzuwerfen.
Sie gingen noch mit einem Dutzend von Leonies Kollegen in ein Café und dann, inmitten der Bande, bis vor ihr Haus. Rothaus fand kaum mehr Zeit, ihr zuzuflüstern: »Ich muß Ihnen etwas sehr – sehr Wichtiges sagen. Wollen Sie es hören?«
»Ja«, sagte Leonie, miterfaßt von seinem Zittern.
»Wann sehe ich Sie wieder? Morgen? Am gewohnten Platz?«
Sie saß lange wach; – und tags darauf noch bannte sie Staunen: das geblendete Ins-Glück-Staunen. Wie war sie dahingelangt, im Laufe welches merkwürdigen, schmalen Umweges, der auf das große

Kommende keinen einzigen Ausblick gewährt hatte? Ach, der zurückgelegte Umweg war's, der diese Liebe so köstlich machte! ... War er unschuldig im Grunde, dieser doch so enttäuschte Geist, daß er sich ein geschwisterliches, begierdeloses Verhältnis hatte vorspiegeln können! ›Dazu war nur ein Mann imstande‹, dachte sie mit zärtlicher Überlegenheit. ›Und ich? Konnte ich mich dermaßen einschüchtern lassen? Jetzt weiß ich's: ich habe ihn geliebt von unserem ersten Zusammentreffen an, seit den Budapestern. Wie sehr‹ – und ihr Herz klopfte auf einmal in Angst –, ›wie sehr muß ich ihn lieben, daß ich mich von ihm verblenden ließ bis zu dem Vorsatz, ihn nicht zu lieben! ... Haben wir ein verstiegenes Dasein geführt – ganz wie zwei Engel, zwei nicht sehr schlaue! Eine Freundschaft: ich, der von allen Seiten nachgespäht wird, mit einem so begehrten jungen Mann, und nie darauf zu verfallen, daß die, die mich für seine Geliebte halten mußten, uns zu trennen versuchen würden! Hatte er bisher für mich auch nur eine Familie? Nein; über den Wolken hat man wohl keine. Wenn er unsere Verabredung versäumte: – mir fiel nie ein, daß der Vater dahinterstecken könne ... Was für ein gräßlich mißtrauisch alter Mann! Und ich werde seinem Sohn doch sicher nicht schaden. Wir werden uns lieben, und zwar gründlich, ja; aber sonst will ich nichts von ihm! ...‹

Sie lief durch ihre zwei Zimmer, klopfte mit dem Rücken ihrer Rechten in die Linke und wünschte sich:
›Könnte ich doch zu dem alten Rothaus hingehen und ihm sagen: Ich will nichts von Ihrem Sohn, gar nichts, keinen roten Pfennig und keine Stecknadel, und am allerwenigsten will ich geheiratet werden. Nur lassen Sie uns in Ruh und . . .‹
Sie blieb stehen.
›Ja, das möchte ich ihm noch geben: Wir haben schon so viel Zeit verloren; sagen Sie Harry, er soll rasch machen!‹
Gleich darauf:
›Aber das wäre eine unnötige Mahnung. Gestern haben wir das Versäumte nachgeholt, fast alles. Was ist denn noch alles übrig – als dies!‹
Und ein von Erwartung entrücktes Gesicht der Tür zugewandt, öffnete sie jäh die Arme.

III

Der Wind kam ihr lau vor; sie mußte auf ihrem Gange durch die Stadt manchmal tief aufatmen. Sie nötigte sich zum Schlendern, sie wäre sonst früher gekommen als er. Bei den Anlagen begrüßten sie sich wie immer, gingen mit Einleitungsworten wie immer ins Hotel hinüber; – und in Leonie, die so ruhig sprach und schritt, tanzte das Glück, weil's nicht so war, nicht war wie immer!
Sie fanden ihren Platz besetzt. ›Natürlich! Heute ist alles anders‹, dachte Leonie. Als er mit gewohnter Sorgfalt nach ihrem Geschmack fragte:
»Mir ist's gleich, was ich esse!«
Er begann von den gestrigen Toiletten. Leonie behauptete: »Ich habe darauf gar nicht achtgegeben, ich dachte an anderes.«
Aber er blieb dabei und fand von dort weiter zu den Trachten auf alten Bildern. Leonie unterstützte ihn mit »ach« und »wirklich«, parodierte Eifer und lächelte dabei in geheimem Einverständnis: »Was das alles uns angeht, nicht wahr?« Merkte er das nicht? Woher nahm er all die Reden? Er schien wahrhaftig bei der Sache. ›Er kann sich nicht ent-

schließen‹, dachte sie. ›Ich kenne ihn; was bevorsteht, lähmt ihn. Er gibt sich immer wieder eine Minute; erst sage ich noch dies, noch das . . .‹ Da fiel plötzlich das Wort Schwester. Es fiel wie ein Stein in einen Brunnen. Leonie sah ihm nach, betäubt durch solche Tiefe. Sie holte sich zurück; und nun merkte sie, daß sie sich verraten habe, ihm fast schon zuvorgekommen sei. Wirklich? War kein Zweifel erlaubt? In brennender Angst vor seiner Geringschätzung dämpfte sie ihre Miene, löschte alles aus darin, was vor der Zeit aufgeflammt war. Lange noch zuckte der Schreck in ihr nach; aber schließlich versank sie in eine mit Bitterkeit getränkte Ruhe. Sie brachte es fertig, ihn zu beobachten, fast neugierig: war das der Mensch von gestern? Auf einmal unterbrach sie ihn, mitten im Wort.

»Hatten Sie mir nicht etwas sehr – sehr Wichtiges zu sagen?«

Sie sah ihn erblassen.

»Ich? Was denn? Ich weiß – wirklich – nicht . . .«

Sie gab ihm ein wenig Zeit, sich zu quälen. Dann, dennoch mitleidig:

»Ich kann mir's schon denken. Vom Verfasser unseres Buches soll etwas Nachgelassenes erscheinen.«

Er schlug die Augen nieder. Bald darauf gingen sie. Ihr Abschied voneinander war kühl.

»Wann treffen wir uns das nächste Mal?« fragte er. Leonie antwortete freundlich und fern:
»Ich weiß nicht. Ich habe in nächster Zeit viel zu arbeiten.«
Sie stieg, was sie niemals tat, im Dunkeln die Treppen hinauf. In ihrem Zimmer zog sie hinter sich die Tür zu und blieb stehen, eine lange Stunde, ohne Licht zu machen, ohne eine andere Regung als von Zeit zu Zeit ein leises Kopfschütteln. Sie begriff nicht, was vorgefallen sei. Liebten sie denn einander nicht? Hatte sie den gestrigen Abend nur geträumt?
Sie sah sich mit ihm, in der Mitte des Saales, unter dem großen Blütenbaum sitzen und ihre beiden triumphierenden Gesichter. Alle hatten sie bewundert, es wußten alle um ihre Liebe; und er allein sollte sie vergessen haben? Eine Laune? Er war doch eifersüchtig gewesen, er hatte doch gestammelt, geworben. Hatte ihre Hand geküßt, daß sie davon noch jetzt wieder aufschauerte. Sie waren zwischen Übermut und Zittern zusammen auf das Glück zugegangen; das vergaß man nicht, das blieb im Blut. ›Ach, ich verstehe ihn wohl. Es kostet ihn etwas, von seinen Reinheitsphantasien sich loszumachen. Er ist in seiner Traurigkeit heimisch und muß zum Glück erst genötigt werden. Es wird nicht lange dauern. Er hat den Zwang schon im Blut. Du kannst nichts dagegen machen, Lieber!‹

Sie setzte sich, ohne es zu wissen, in Bewegung, sprach und lachte vor sich hin, zündete Kerzen an.
›Ich habe mir eine Zeitlang Kindereien von dir vorschwatzen lassen, und darauf möchtest du jetzt pochen, um mir zu entgehen? Du armer Bubi! Ich hol dich zurück. Sieh mich doch nur an . . .‹
Und sie trat selbst, einen Leuchter in jeder Hand, vor ihr Bild im Pfeilerspiegel, den Kopf im Nakken, die Büste nach vorn gedrängt:
›Sag selbst, was kannst du gegen mich machen?‹
Als sie endlich im Bett lag:
›Du schläfst diese Nacht gerade so wenig wie ich; glaube nur, daß ich das weiß.‹
Mit dem Frühstück bekam sie einen Brief von ihm. Er bat um Verzeihung.
». . . Ich habe mich falsch benommen. Sie wissen so gut wie ich, daß es falsch war. Was soll man tun? Es hieße vor allem, nie sich selbst verlieren. Wer das könnte! Helfen wir uns doch! Wollen Sie? . . .«
Sie lächelte forschend auf die wohlgeordneten Zeilen hinab. Was dahinter für ein aufgeregter Kampf geschah! Das hatte er in der Nacht geschrieben, war ausgegangen und hatte es zum Kasten getragen, damit es heute früh ihr erster Eindruck werde, damit sie sein gestriges Benehmen vergesse und ihn liebe. Er bat: »Üben Sie Gnade; lieben wir uns nicht!« Und die Tatsache, daß er schrieb, war doch

schon ein Armebreiten nach ihrer Liebe und ein Eingeständnis der seinen!
Sie ließ ihn ohne Antwort, nahm sich sogar vor, das Wiedersehen, wenn er um eins bäte, hinauszuschieben. Indessen schrieb er nicht mehr. Was geschah? Glaubte er, mit ihrem Schweigen gehe sie ihm voran im Entsagen? Sie hätten sich still und großmütig voneinander losgewunden und würden sich nie wieder begegnen? Kopflose Angst überfiel sie. Sie war drauf und dran, auf einem Stück Papier sich ganz zu enthüllen, sich zu demütigen, ihn zu rufen. Gerade fand sie noch die Besinnung, sich zu sagen, er werde von selbst kommen; er werde es nicht länger aushalten als sie . . . ›Ach, er ist kalt, er fühlt nicht, wie schlimm das alles ist. Ich hasse ihn! . . . Er? Aber er hat es viel schlimmer als ich, da er sich sträubt, da er zu schwach ist für seine Liebe. Ich, ich trage sie! . . . Nein, ich trage sie nicht länger!‹ Und der Zug der Tage ging unerbittlich weiter durch Dunkel.
Auf einem verspäteten Faschingsball standen sie plötzlich einander gegenüber. Sie erkannten sich in den Masken sofort, ohne ein Schwanken. »Woran?« fragte er sie; – und sie schwieg, und unter der Larve errötete sie. In ihrer Kenntnis seines Körpers, seiner Bewegungen beim Gehen, seiner Art, den Kopf zu tragen: in ihrer Kenntnis war ihre Begierde. »Und Sie?« fragte sie. Auch er blieb stumm. ›Er liebt mich!‹

»An allem«, sagte er endlich. »An allem erkenne ich Sie. Sie haben nichts, was auch die anderen hätten.«
Nach einer Pause:
»Sie haben mir nichts erwidert auf meinen Brief.«
»Weil ich Sie nicht verstanden habe. Wobei soll ich Ihnen helfen? Was soll ich wollen? Ich, ich will niemals etwas anderes als das, was ich muß!«
»Und ich, ich quäle mich sehr.«
»Erklären Sie mir's.«
Er, sehr leise:
»Wenn ich es Ihnen erklären dürfte, wären es nicht die Qualen, die es sind.«
Er neigte sich über ihre Hand.
»Ihre Madonnenhand. Sehe ich sie wieder? Darf ich sie wieder verehren, Ihre Madonnenhand?«
Er huschte mit den Lippen darüber hin – sie aber fühlte, erschlaffend, wie sein unstillbarer Mund sich ihrem ganzen Körper, jedem Fleck ihres Fleisches eindrückte. Sie sagte mit leidendem Ausdruck:
»Ich bin nicht so erhaben, wie Sie – zu glauben vorgeben.«
Sie tanzten und wurden berauschter davon als sonst. Sie soupierten mit mehr Ausgelassenheit. Sie boten sich nicht wieder im Gleichgewicht des Glückes den Huldigungen dar. Sie lauschten, unter verwirrtem Lachen, einer auf des andern Fieber.
»Ich muß eilen«, sagte er unvermittelt. »Wissen Sie, daß ich noch diese Nacht nach Mainz soll?«

Sie fühlte es wie Eis auf ihren nackten Schultern.
»Das ist nicht möglich!« Und rasch sich zurückholend: »Was für ein Einfall!«
»Höherer Befehl«, erklärte er. »Ach, Sie hier allein lassen zu müssen!«
Sie wollte ihm zurufen: ›So nimm mich doch mit! Im Ballkleid, halb entblößt, unter den Blicken von hundert Menschen – wie es auch sei: nimm mich mit! Siehst du denn nicht, daß ich bereit bin?‹ Sie machte sich ganz steif.
»Also glückliche Reise!«
Da sagte er:
»Könnten wir doch zusammen reisen! Verzeihen Sie den verrückten Einfall.«
»Nicht verrückt«, meinte sie. »Ein bißchen komisch höchstens. Wenn es ginge, ich wäre zu einer Fahrt den Rhein entlang gerade aufgelegt.«
»Wollen Sie morgen abend in Koblenz sein?« fragte er, mit kühler Stimme, die zitterte. Leonie konnte nicht antworten.
Er setzte hinzu:
»Ich werde im Hotel Kronstein nachsehen, ob Sie da sind.«
»Also ja«, brachte sie hervor, »ich mache den Ausflug.«
Und gleich darauf, in der Sorge, sich zu decken:
»Ich rechne dabei aber nicht auf Sie, ich weiß wohl, so eine Geschäftsreise . . .«

»Wenn ich nicht komme, dürfen Sie mich für tot halten« – leise und bestimmt.
Er stand noch da, und sie sahen aneinander vorüber. Plötzlich:
»Leben Sie wohl!«
... So war es nun für morgen. Sie kam bleich und betäubt nach Haus. Noch vor drei Wochen wäre es ein rasches, heftiges Erlebnis gewesen. Jetzt war es schwer geworden; Angst und Leiden, die durchgekostet waren, trugen bei zum Gewicht dieser Liebe. In der Nacht erwachte sie, das Gesicht in Tränen, und fühlte Linderung und Dankbarkeit.
Sie fuhr mit dem Dampfer nach Koblenz, und als sie die Stadt erblickte, fing ihr Herz zu klopfen an. Hier war es. Die kahlen Bäume auf jener Terrasse waren Zeugen und diese Häuser. Aufseufzend, mit trotziger Genugtuung, betrat sie die Straßen. Jetzt hielt sie das letzte Stück Weg fest unter ihren Füßen. Sie sah sich schon ihren eigenen Schritten entgegenkommen; das war morgen, und ihre Hand lag auf seinem Arm, und sie gehörten sich.
Als sie im Hotel ihren Namen nannte, gab man ihr ein Telegramm. Er kam nicht. Er war auf unbestimmte Zeit zurückgehalten.
Sie fiel hin – erholte sich aber, während man noch um Hilfe umherlief. Sie kehrte um. ›Also aus‹, dachte sie. In ihrer Hand spürte sie das zerknitterte Telegramm, sie entfaltete es, und im Gehen starrte

sie darauf. Auf einmal kam ihr die Zahl zum Bewußtsein, die sie las: 12 Uhr 25. Er hatte es schon mittags aufgegeben! Er hatte den Abend gar nicht abgewartet, er hatte nicht einmal den Kampf gewagt! ›Oh, das ist das letzte; ich bin ihn los, und gründlich!‹ Zehn Schritte weiter: ›Ich bin ihn los? Aber ich liebe ihn ja nur noch mehr, bei jedem Schritt zurück und jeder neuen Schwäche nur noch mehr! Ich glaube ihm nicht wieder, das ist alles, was ich hierbei gewonnen habe. Aber mit oder ohne Glauben, wir werden das Spiel noch oftmals wiederholen. Ich weiß, daß ich von dieser Liebe nur die Qualen haben werde, nur die Qualen. Aber meinst du, ich ließe mir die nehmen? Komm zurück und nenne mich Schwester, wenn du willst; ich habe nicht den Mut, mich wegzuwenden. Komm zurück und verehre mit schlechtem Gewissen eine Madonnenhand, die keine ist; ich werde mit dir lügen und mit dir fiebern. Dann flieh, stelle dich beschwichtigt; ich mache es ebenso. Hoffst du, mein Leben sei sehr schrecklich? Ja, – wenn nicht auch du littest! Das tröstet . . .‹ Sie blieb stehen, vor einem Schaufenster, oder war's eine leere Hauswand – vor Dingen, die sie nicht sah, und sagte vor sich hin: »Jetzt, Lieber, kommen schlimme Zeiten.«

Sie kamen.

Ihre Zusammenkünfte wurden häufiger als früher. Sie wußten, daß sie einander nie gehören würden

– und fanden, so oft sie es sich vornahmen, nicht den Mut, Verzicht zu tun auf ihre unfruchtbaren Erregungen, in die sich nun Feindseligkeit mischte. Leonie zog ihre Hand zurück, wenn er sich darüber neigte. Sie verhehlten eifersüchtig ihre eigentlichen Gedanken und mit Empörung den Schauer, den oft einer bei des andern unbedeutendster Bewegung spürte. Nur auf Umwegen, nur versteckt, gaben sie, was allzusehr drängte, preis; verrieten, daß sie sich zusammen nur ein Leben wünschten.
Leonie nannte die Dinge, die ihr gefielen. Sie liebte leichten Frost, stundenweites Dahingehen über flaches Land, und bei der Lampe, indes die Uhr tickte, einen Dichter zu lesen. Er erwiderte nichts; aber als sie sich wiedersahen, zählte er auf, was er bevorzugte, und es war genau dies.
Sie hätten beide gern gereist. Er träumte davon, am Rande eines bröckelnden Palastes auf den zersprungenen Fliesen einer offenen Halle zu stehen und durch ihre verwaisten Bogen in das Grau aus Sümpfen und Wolken zu starren. Sie dachte sich ihr weißes Schiff auf heftig blauem Meer, unterwegs nach unvorhergesehenen Gestaden. Sie sagte nicht, daß gegen den Mast, und die Schläfe an der ihren, er hätte lehnen sollen. Er verschwieg, daß er, auf das Geländer der schwermütigen Loggia gestützt, ihren Arm hätte fühlen wollen neben seinem.
»In jener Sumpfluft«, sagte er, »tiefe Atemzüge tun

und daran sterben. Es muß leicht sein. Man wird sehr müde und merkt kaum, was geschieht.«
»Ist das ein leichter Tod?« antwortete sie. »Dann hätte ich nichts dagegen. Das Leben ist nicht leicht und nicht lustig.«
»Es gibt Stunden«, setzte er hinzu, »wo ich jeden Tod leichter und lustiger fände: noch den scheußlichsten. Man betritt einen gefüllten Zirkus wohl mit dem Gedanken: vielleicht bricht Feuer aus heute abend. Nun, ich werde der Frau – der Frau, die gerade neben mir wäre, den Ausgang erkämpfen und mich, das weiß ich, vom Gedränge zurückwerfen lassen.«
Sie hörte das mit einem stolzen Lächeln an, die Augen niedergeschlagen, als sagte er ihr etwas leidenschaftlich Nacktes.
Aber sie schüttelte sich.
»Nein. Ich will nicht sterben. Könnte eines Nachts aus Schlaf einfach Tod werden, ja, dann. Aber ich werde sehr schwer sterben und häßlich, ich fühle es.«
Mit dem einsamen Blick des in sich Hinabschauenden:
»Ich werde dabei allein sein.«
»Kein befreundetes Wesen sollte Ihnen die Hand halten?« fragte er, fast lautlos. Und Leonie, starr: »Nein.«
Sie wurden immer verzehrt von der Sucht, sich von

ihrer Liebe zu reden, und immer schoß ihr Gespräch angstvoll hinaus über ihre Liebe und bis an ihren Tod; so, als habe das eine Wort den Geschmack des anderen und als wagten sie immer noch eher zu sterben als einander zu lieben. Er sagte:

»In meinen schwachen Stunden wünsche ich mir, ich hinge dermaßen mit einem anderen Wesen zusammen, daß ich entfernt und ohne Nachricht zur selben Minute stürbe, in der es stirbt . . . Nein, es soll nicht sterben. Es sollte nur meinen Tod in seinen Händen halten. Wenn es mir eine goldene Kugel gäbe, das wäre das Zeichen.«

»Sie würden Gebrauch davon machen?« fragte Leonie schnell, mit grausigem Entzücken. Seine Mundwinkel zitterten, und er hatte unter hängenden Lidern einen saugenden Traumblick.

»Wollen Sie mir sie geben, die goldene Kugel?«

»Nehmen Sie an, ich hätte sie Ihnen gegeben. Ist das nicht dasselbe? Ich habe sie Ihnen gegeben – für später.«

Sie wurden in Überreiztheit gehalten durch das beständige Bewachen ihrer Regungen. Leonie geriet wegen irgendeines Gesichtes außer sich. Er brachte aus seinen Geschäften Überdruß mit und Menschenfeindschaft. Beide litten sie unter dem Frühling wie an einer Krankheit. Die Blumen, die sie am Abend vor ihrer Brust getragen hatte, ver-

folgten ihn mit ihrem Duft noch am nächsten Tag. Sie ihrerseits entdeckte die Musik; und als könnten ihre Sinne, denen das eine versagt ward, sich an vergeblichem Ersatz nicht genugtun, ward sie Feinschmeckerin, hängte sich an eine Champagnermarke, an eine Zigarette.
Ihr Schlaf fing an auszubleiben; – und matt und unbeschäftigt ward sie nur von einem unbesieglichen Gefühl des Erwartens aus dem Bett getrieben. Sie wartete auf die Post, auf einen Brief von ihm, mit – sie wußte es – unmöglichen Erklärungen und Entschlüssen. Sie raffte sich plötzlich aus Träumerei auf und kleidete sich Hals über Kopf an – weil er kommen konnte. Jedes Klingeln stürzte sie in Entsetzen. Sooft ein Wagen vor dem Hause zu halten schien, riß sie das Fenster auf. Sie ward totenbleich, als es einst ein Leichenwagen war. Man brachte ihn ihr; er hatte die goldene Kugel abgeschossen ...
Und am Abend saß sie da, die Wange in der Hand, und sann krampfhaft: ›Wenn nun einer käm und mich mit sich nähm! Ist das nicht der beständige Gedanke von allen kleinen Mädchen rings im Land? Ja, so ist man nun.‹
Dann: ›Und wie einfach wäre es! Er sitzt allein in seinem Zimmer, wie ich in meinem, und quält sich um mich, wie ich mich um ihn. Ein paar Straßen sind zu überschreiten, das ist alles. Es ist unbegreiflich, daß er's nicht tut! Was hindert ihn? Was?‹ Sie

hatte es aus dem Gesicht verloren, hielt es für Blendwerk gegenüber der Wirklichkeit ihrer Begierde. ›Wenn ich nicht mehr diesen Druck vor der Stirn hätte, würde ich klarer sehen . . . Denkt er am Ende gar nicht ans Kommen? Ist gar nicht versucht? Leidet gar nicht? Für ihn ist's kaltes Spiel? Und im Ernst mache nur ich es durch?‹

Sie irrte, sich die Arme pressend, durch die Zimmer. Es brannte in ihrem Leibe. Sie versuchte nicht mehr, ihren Durst zu stillen. Das Kämmen zur Nacht war unsäglich peinvoll; – und sie entkleidete sich im Dunkeln, um nicht im Spiegel ihre verschmähten Glieder zu erblicken, die sie schwer, unnütz und kläglich ins Bett sinken ließ, als würfe sie sie weg.

In der Schlaflosigkeit bildete sich eine angstvolle Unruhe, kribbelnd, unerträglich – und die Wut, die ihr Körper hervorbrachte, warfen ihre Gedanken auf irgendeinen: auf eine Schneiderin, einen Kollegen. Ihr Feind, der Regisseur! Das war der Schuldige; der hatte sie dahin gebracht, wo sie jetzt war, dadurch, daß er ihr nichts zu spielen gegeben hatte! ›Wenn ich hätte arbeiten dürfen; nie wäre dies aus mir geworden! Oh! Wie hat dieser Mensch mir geschadet!‹ Sie fuhr aus dem Bett. Laut ausbrechend: »Wenn ich morgigen Tags nicht eine große Rolle kriege, dann mache ich einen Krach, an den sollen sie denken!«

Vor neun Uhr war sie im Theater, ward, weil man nicht mehr gewohnt war, sie zu sehen, mit Staunen begrüßt und stieß ihre Beschwerden aus. Alle gaben ihr recht, hetzten sie noch mehr auf. Sie könne den Regisseur wegen Existenzschädigung verklagen. Übrigens komme keiner mit ihm aus. Mehrere erklärten, demnächst ihre Entlassung geben zu wollen. Da erschien er, und alle verstummten. Leonie, angewidert und schwach, ging weg, ohne gesprochen zu haben.

Sie schrieb ihrem Agenten, er möge ein Gastspiel vermitteln. Beim Suchen nach einer Rolle stieß sie auf die Hero.

Sie hatte sie gelesen und vergessen. Nun ward sie festgehalten, zuerst nur durch die beunruhigend weiche Sinnlichkeit der Verse; sah ihr Getändel zum Südsturm werden – und da gaben sie den Klang von Leonies eigener Leidenschaft. Sie hatte diesen Klang aus den Versen erlauscht, noch ehe er in Hero entstand. Da war nun alles, die da saß in ihrem Turm, und:

»Nicht Götter steigen mehr zu wüsten Träumen,
Kein Schwan, kein Adler bringt Verlaßnen Trost,
Die Einsamkeit bleibt einsam und sie selbst.«

Auch die da hatte gesagt:

»Im ganzen Leben seh ich kaum dich wieder,
Und so ist's abgetan. Wohl gut!«

Und gleich vergaß sie's und sprach zu ihm durch die Ferne. Auch hier empörte sich eine:

»Was kamst du her, nichts denkend als dich selbst,
Und störst den Frieden meiner stillen Tage –«

Und wünschte dem Störer Tod! Und konnte das Bild seines Verderbens nicht ertragen!
Leonie ward trostvoll erweicht durch diese Gemeinschaft. Dann wieder, vom Studieren müde und den brütenden Blick auf den dunklen Wellen, die gegen Leanders Leiche brandeten, bedachte sie, daß solchen Schicksals also die Welt voll sei; und eine Klage über die Vergeblichkeit unserer Sehnsucht, das Elend der menschlichen Dinge – eine Klage über das Lebenmüssen erstickte sie.
Übrigens fühlte sie sich krank. Das weibliche Leiden, das schon bei der Rückkehr aus ihrem ersten Engagement einen lässigen Reiz über sie verhängt hatte, brach heftiger aus und ermattete sie. Beim Lernen der Hero stellte sich eine Schwächung ihrer Stimme heraus. Sie mußte wieder in die Behandlung des Halsarztes; – und es erbitterte sie bis zum Krampf, daß sie inmitten ihres wunden Gefühls sich auch noch mit ihrem Körper befassen sollte. Wenigstens das Recht haben, seiner irren Seele ganz nachzugeben – wie Hero! Die war in ihrem Liebeswahnsinn unzurechnungsfähig, hatte kein Gewissen mehr, wußte nichts von Fesseln. ›Warum laufe

ich denn nicht hin zu ihm, schreie ihm seine Feigheit ins Gesicht, küsse ihn, bis er aufwacht, bis er Mensch wird – raube ihn mir? . . . Ah, das ist's, dafür bin ich zu sehr Bürgermädchen. Nichts Ganzes – ich nicht, nicht Komödiantin, nicht Familientochter. Verpfuscht.‹

Aber sie hatte Stunden, wo sie sich hineinspielte in das Ideal ihres Leidens, ganz Hero ward, stolz auf ihr Schicksal und fast glücklich.

Sie gastierte an einem mittleren Hoftheater, wo kurz vorher eine andere Hero, eine Berühmtheit kühl verabschiedet war. Leonie siegte mit Glanz. Sie riß eine Versammlung steifer Leute in ihre Welt hinüber. In den Augen der Schauspieler begegnete sie der starren Achtung, die die Blicke aller, wie hinter Schranken, dem Auserwählten entbieten. Der Regisseur, ihr ganz gewonnen, beklagte tief, daß die Zulänglichkeit ihrer Stimme noch nicht feststehe. Er wolle alles tun, um ihr Bleiben zu sichern.

Sie kehrte zurück und nahm ihr Kreuz wieder auf.

Er schien verändert; seine Schläfen waren gelber, die Falten um seinen Mund schärfer. Er fragte sie nach allen ihren Erlebnissen, drang in sie wegen der Bekanntschaften, die sie gemacht habe. Sie berichtete von einem, der ihr im Hotel nachgegangen war, ihr den Portier mit Blumen und Anträgen aufs Zimmer geschickt hatte. ›Er ist eifersüchtig!‹ rief sie

sich zu, mit einer Lust, die wund war von oft erlittenen Enttäuschungen.
Er sagte leidend:
»Sie haben Erfolg gehabt, sind gefeiert worden – Sie haben nur an glückliche Dinge gedacht.«
Sie dazwischen, mit undurchdringlichem Hohn: »Nur an glückliche.«
»Sie können sich kein Dasein vorstellen wie meins. Ich bin am falschen Platz in dem Leben, das ich führen muß, wenn nicht im Leben überhaupt. Dort, wo ich mit meinem Innern stehe, ist es einem nicht mehr natürlich, die Gebärden der Wirkenden mitzumachen. Man sieht an allen Lächerlichkeit und Schmutz. Ich aber bin gezwungen zu handeln. Ich muß mich, Tag für Tag, wie ein Bürger benehmen, meinen Widerwillen, meine Scheu verheimlichen, meinen Sauberkeitstrieb ausschalten und meine Weichheit vergewaltigen; muß feilschen, mich mit aller Welt um Geld raufen, dem Sturm der fremden Raubgier standhalten, selber Nachteile zufügen, die Tränen der anderen, ausgemünzt, in meine Taschen schieben. Begreifen Sie, was das für mich heißt? Ich selbst begreife es vollkommen erst seit kurzem: weshalb? . . . Während Sie fort waren, habe auch ich eine Reise gemacht; der Zweck war, unsere frühzeitige Kenntnis eines bevorstehenden Zusammenbruchs einem dritten Hause gegenüber, das noch nichts davon wußte, auszunützen. Als ich

zurückkam, habe ich mich eingeschlossen, bis heute. Es war mir unmöglich, einen Menschen zu sehen, Nahrung aufzunehmen – mich selbst zu berühren! Ich glaube, daß ich diesen Grad von Lebensunfähigkeit erst im Verkehr mit Ihnen erreicht habe.«

»Schade.« Sie verriet halblaut ihre Bitterkeit. »Das war nicht die Absicht.«

Er hörte nicht, er war ganz bei sich selbst.

»Ich frage mich nur, was aus mir werden soll, wenn man mich einmal zu einem Geschäft benützen will, wodurch das vor zwei Jahren uns verlorengegangene Geld alles auf einmal wieder hereinkäme.«

Leonie begriff sofort.

»Sie sollen heiraten!« stieß sie aus.

»Noch nicht. Ich frage mich nur im voraus – weil das das Ende von allem wäre.«

Plötzlich ward sie aufgebracht.

»Sie sind so schwach, daß Sie sich in alles finden werden. Jetzt halten Sie sich zurück – aus Schwäche; und wenn man Ihnen einmal eine Frau auferlegt hat, werden Sie sich, aus Schwäche, rascher ausliefern als jeder andere.«

Er stutzte. »Sie meinen? . . . Vielleicht . . . Meine Hoffnung ist nur: eine so reiche Frau wird mich nicht wollen, weil ich häßlich bin. Nicht wahr«, fragte er, an ihren Augen hängend, demütig, »ich bin zu häßlich, um geliebt zu werden?«

Und sie war erschüttert. Das fragte er sie! Nach allem, was hinter ihnen lag, war er nicht einmal versichert, daß sie ihn liebe, so wenig, wie sie selbst überzeugt war, daß er ihre Leiden geteilt habe. Welche Gemeinschaft war noch zu hoffen zwischen zwei Wesen, wenn sie – sie beide nach alledem voneinander nichts wußten; und durch welche himmelweite Einsamkeit führten unsere verurteilten Schritte? . . . Sie senkte das Gesicht und tat, was sie konnte, um nicht zu weinen.
Das nächste Mal war er wie immer. April verging; das Theater stand vor dem Schluß; Leonie sprach von ihrer Abreise. Sie waren an diesem Abend noch spät in größerer Gesellschaft, Rothaus angeregt, Leonie von überreizter Lebendigkeit. Er brachte sie im Wagen nach Hause, und kaum allein miteinander, verstummten sie. Sie fuhren durch schlecht beleuchtete Straßen. Leonie hatte die Empfindung, er sehe sie an im Dunkeln, sie war gespannt bis zum Aufschreien. Sie sah den Augenblick kommen, wo sie es nicht länger ertragen und den Wagen halten lassen werde. Da sagte er: »Nicht wahr, Sie sind nicht für Liebe?« Leichthin.
Sie wußte nicht, wie sie hervorbrachte: »Sie doch auch nicht?«
Sie rang. In dieser Minute bereute er. In der nächsten, kaum daß sie gestanden hatte, würde er sich zurücknehmen, sie ihrer Schande überlassen.

»Ich bin ja Ihre Schwester?« fragte sie. Es verlief Zeit. Dann er, langsam: »Aber, wissen Sie vielleicht das vom König von Ägypten? Ein sehr einsames Individuum. Er berührte nie die Leiber der Fremden; er konnte nur eine heiraten: seine Schwester.«
Der Wagen bog in eine helle Straße; die Ankunft war nahe. Leonie hatte nicht geantwortet. Er ließ schon das Fenster herab, faßte hinaus nach dem Griff.
»Es ist wahr«, sagte er; »wir sind keine Pharaonen« – und öffnete die Tür.
Als er bezahlt hatte und sich nach ihr umsah, lag sie mit dem Gesicht auf dem Polster und zuckte. »Mein Gott, was ist . . .« Bei seiner Berührung schüttelte sie sich wild. Ihr Weinkrampf endete nicht. Er suchte fassungslos nach Hilfe, drückte endlich die Klingel nach ihrer Wohnung. Droben entstand Licht; er rief hinauf, jemand möge kommen; die Tür sprang auf. Er wandte sich um; Leonie war hinter ihm, das Tuch vor dem Gesicht. Sie bewegte heftig den Kopf, sobald er zum Sprechen ansetzte. Sie stellte sich, abgewendet, in den finsteren Hausgang. Niemand kam. Er fragte endlich:
»Soll ich Sie hinaufführen?«
Sie nahm das Tuch vom Munde, machte einen Schritt auf ihn zu. Mit Leidenschaft:
»Ist es nicht genug?«
Und sie drängte den Torflügel gegen seine Schulter, bis er draußen war.

IV

Sie war hinaufgeeilt mit dem wütenden Vorsatz, augenblicklich ihre Koffer zu packen. Nun ward es Tag und sie saß noch da, am Ausweg verzweifelnd. Sich vor ihm in Sicherheit bringen? Wohin? Sie sah die Welt im Dunkel liegen, ohne einen einzigen erkennbaren Pfad. Blieb sie? Dann quälte er sie um den Verstand. Sie fühlte sich auf einen engen Fleck gedrängt, und jede Bewegung führte zu Unheil. Gegen Abend entrang sie sich ihrer Entsetzensstarre und merkte plötzlich den Drang, sich auszusprechen, einen Menschen dort vor sich auf dem Stuhl zu haben, dem sie von dem Wirrsal ihrer Erlebnisse etwas andeutete und der sie ihr erklärte. Wenn sie verständlicher wurden, vielleicht wurden sie weniger schrecklich.

Der Kapellmeister! Seit Monaten hatte sie ihn aus den Gedanken verloren. Sie entsann sich, in wunderbarer Zeitenferne, seines Fußfalles, und daß er damals den Eindruck gemacht hatte, als wäre er zu allem möglichen zu gebrauchen. Sie schickte hin; eine Stunde später kam er denn auch.

Er hatte, seiner Rache wegen, ein wenig warten

lassen. Auch behielt er seinen gewohnten Zigarrenstummel im Mund.
»Was gibt's denn, was machen wir denn?«
Er war keineswegs ruhig und brauchte lange, bis er zum Sitzen kam. Da bemerkte er:
»Du siehst aber gar nicht gut aus. Fehlt dir was? Vielleicht Krach gehabt?«
»Mit wem wohl?«
»Na – mit – mit Rothaus?«
»Wir stehen gar nicht so, daß wir Krach miteinander haben können. Wir haben kein Verhältnis.«
»So, so«, machte der Kapellmeister, ohne auf seine Ungläubigkeit auch nur Ton zu legen. »Du mochtest ihn wohl doch nicht genügend?«
Leonie richtete den Teetisch her. Sie hielt inne. Mit stolzer Entschiedenheit:
»Er könnte mich morgen haben.«
Der Kapellmeister feixte, etwas bleich, vor sich hin:
»Na Glückauf!« Aus Verlegenheit äußerte er:
»Kommt er vielleicht zum Tee?«
Leonie sah plötzlich aus, als sei ihr Schicklichkeitsgefühl fassungslos überrascht.
»Nein! Was fällt dir ein!«
Der Kapellmeister musterte sie.
»Morgen kann er dich ... Und heute darf er hier nicht mal Tee trinken? Du gefällst mir.«
Sie seufzte. Ja; sobald die Komödiantin alles über

die Achsel werfen wollte, fiel ihr das Bürgermädchen in den Arm!

»Siehst du«, sagte sie, »weil ich so bin, darum ist es auch schief gegangen. Aber früher hielt ich mich doch entschlossener zusammen. Er erst hat mich so kaputtgemacht. Er ist in der Liebe eine Art Monstrum.«

»Ach nee.« Und der Kapellmeister war voll gehässiger Erwartung.

Leonie begann, erst in zurückhaltend gewählten Worten, – und dann brach alles heraus, mit verzweifelter Deutlichkeit.

»Wie findest du das?« fragte sie immer wieder dazwischen, und zum Schluß: »Wie findest du das?«

»Wie ich das finde? Wenn einer x-mal in aller Form 'ne Liebeserklärung macht und den nächsten Tag ist er's nicht gewesen? Dich bestellt er nach Koblenz, und er bleibt kaltlächelnd in Mainz? Wie ich das finde? Das find ich erstens mal bodenlos unverschämt und zweitens zu dumm.«

»Man muß ihn kennen. Er ist der feinste Mensch, den ich je gekannt habe ...«

Sie verlegte sich auf seine Verteidigung. Der Kapellmeister unterbrach sie bald.

»Eins sage ich dir: wer sich aufführt wie er, ist unfehlbar ein haarsträubender Egoist.«

Und Leonie, ergebungsvoll:

»Was hilft das mir! Ich liebe ihn.«
»Und fein, das will ich dir glauben, fein und gerissen muß er sein, wenn er dir die platonische Liebe hat beibringen können, dir!«
»Und unterdessen hat mein Gefühl Zeit gehabt, sich so entsetzlich fest einzuwurzeln. Auf einmal war's fertig.«
Sie berichtete nochmals den Vorgang auf dem Bazar, ihre fälschlich erregte Eifersucht und wie sie, mit verstörter Seligkeit, in sich die Liebe erkannt hatte.
»Es ist wohl nichts Besonderes«, setzte sie hinzu, sich besinnend auf den Verzicht dessen, der viel gelesen hat und sich nicht mehr für einzig zu halten wagt. »Es mag häufig so gehn.«
»Dem sei nun wie ihm wolle«, sagte der Kapellmeister, »aber heraus mußt du hier, meine Liebe. Morgen schließt das Theater; ich wollte ohnehin fragen, ob wir zusammen nach Hause fahren.«
Sie erhob flehend die Arme.
»Bitte, nicht!« Und sich bezwingend: »Bleiben wir doch einfach noch ein wenig hier. Zu Hause haben wir auch nichts verloren. Ich werde ihn ja nicht wiedersehen ... Wahrscheinlich nicht ... Wenigstens tue ich nichts dafür. Aber darum kann man sich hier doch ganz gut amüsieren. Im Stadtpark ist jetzt alles mögliche los. Es kommt wieder ein Zirkus ...«

»Und so weiter.«
Sie war ordentlich sanft; sie bat beinahe. Er sah, daß sie nichts aß, daß sie sich an ihn klammerte und daß sie die Beute einer dieser großen Leidenschaften war, die er immer sehnsüchtig angestaunt hatte. Ihn schauderte vor Ehrfurcht. Er unterwarf seine Eigenliebe.
»Na, meinetwegen. Man kann gerade so gut noch dableiben.«
Als er sie nicht mehr vor Augen hatte, empörte er sich dennoch gegen die Stellung, die sie ihm anwies, und beschloß, einfach wegzubleiben. ›Das ist sie von ihrem Judenjungen auch nicht anders gewohnt‹, dachte er giftig. Seine Gutmütigkeit überwog, und er ging hin. Leonie war schon im Anzug. Sie suchten die Budapester auf, soupierten im Restaurant, erledigten drei Cafés und machten einen Abstecher in ein Lokal, das sich seines Nachtlebens rühmte. Leonie bekundete für alles Vorkommende große Teilnahme. Gegen halb drei traf sie zu Hause ein und erklärte, so wollten sie's immer machen. »Vielleicht kann ich jetzt schlafen.«
Aber bis dahin brauchte es noch zwei Stunden – und inzwischen saß sie auf ihrem Balkon, sah ins Dämmergrau der Straße und dachte: ›Wenn er jetzt um die Ecke böge . . . Nein, es wäre immer wieder dasselbe. Warum! Warum!‹ Und dieses Warum war ihr ständiges Gespräch mit dem Kapellmeister.

»Das ist doch nicht menschenmöglich: nur weil er sich in den Kopf gesetzt hat, ich sei seine Schwester? Stell dir ihn, bitte, vor; was kann ihn denn hindern?!«

Der Kapellmeister sagte zunächst: »Vielleicht fehlen ihm die natürlichen Mittel?«

»Nein – das glaub ich nicht«, versetzte Leonie mit Überzeugung.

»Oder er hat – andere Liebhabereien, über die er die Welt täuschen möchte, dadurch, daß er sich öffentlich mit einer Frau zeigt.«

»Daran hab ich auch schon gedacht. Es ist aber nichts damit: der Zustand, in dem wir manchmal gewesen sind, den mimt keiner, nicht mal für die höchste Gage.«

Der Kapellmeister vermutete noch:

»Am Ende ist es nur Geiz?«

Leonie lachte verächtlich.

»Der? Ich hab ihn mit Tausenden herumwerfen gesehen – und ich wollte, er hätte mir jemals etwas davon angeboten, dann brauchte ich ihn und sein Zartgefühl nicht mehr so schrecklich hochzuachten. Seine Familie allerdings ...«

»Natürlich, die Familie! Heidenangst, daß es mit Heirat endet. Feierliches Verbot – und er wagt nicht zu mucken. Du weißt wohl, was in seiner Rasse die Familie noch für eine Macht ist. Zwar, wenn er irgendwelchen Schneid hätte ...«

»Seine Schwäche!« sagte Leonie, mit tragischem Brüten. »Wenn die imstande wäre, ihn mir zu verleiden!« Auffahrend: »Ihn nicht loswerden, durch kein Mittel loswerden zu können; es bringt mich um! Meinst du, ich sehe die Akrobaten dort? Ich habe den ganzen Saal im Auge, nein, im Gefühl; und tritt er ein, weiß ich's, und sagt er zum Logenschließer leise: ›Das Programm!‹ – werd ich's durch den Lärm des Orchesters hindurch hören. Keinen Gedanken – begreifst du, so lang der Tag und die Nacht ist, keinen Gedanken zu haben, unter dem nicht der zweite, fixe, sitzt und wühlt. Man ist sich seiner im Augenblick nicht bewußt, glaubt sich mit etwas ganz anderem beschäftigt; er aber wühlt. Es ist eine Stimme, die redet, während man schläft. Man hört sie im Schlaf, man wehrt sich gegen das Aufwachen: man muß. Da ist er wieder.«
Jedesmal kam sie zurück auf die Beteuerung:
»Kalt ist er nicht. Das nicht.«
»Dir gegenüber!«
Und er tröstete ausführlich und liebevoll ihre versehrte Eigenliebe.
»Da muß wirklich schon eine ganz blödsinnige Psychologie zusammenkommen, damit einer von dir sich drückt.«
Aber wieso? Sie rieten weiter. Nahm er mit abnormer Sinnlichkeit alles vorweg in der Phantasie? So etwas gab es.

»Er ist möglicherweise ein besonders vornehmer Charakter«, schlug der Kapellmeister vor. »Er weiß von sich, daß er zu sehr Feudalbürger ist, um eine Frau, die seine Geliebte geworden wäre, noch für voll anzusehen. Sein besseres Ich sagt: Das wollen wir vermeiden.«

Kraft seines vielen Nachdenkens über ihn faßte der Kapellmeister ein gewisses Wohlwollen für den von Leonie Geliebten. Unwillkürlich rechnete er ihm den Geist an, zu dem jener ihm Gelegenheit gab.

Es kam noch vor, daß er sich auflehnte. Er hatte Leonie heimgebracht – und wußte, nun war er abgeschafft für sie, nicht mehr auf der Welt. Was sie von ihm hatte haben wollen – daß er ihr über die schlimmsten Abendstunden hinweghelfe, über die Stunden, die des anderen gewesen waren –, das hatte er ihr gereicht, nun gab es für sie nur noch jenen. ›Und dabei bin ich doch auch ein empfindendes Wesen, und sie weiß es. Aber gerade darum! Sonst ließe sich dazu keiner abrichten. Die Weiber sind gar zu unverschämt.‹

Er lief Umwege in der Nacht. Der beständige Aufenthalt im Dunstkreis der eines anderen süchtigen Frau fügte ihm unfruchtbaren Reiz zu. Er wollte aufwallen – und ihre Leidenschaft lähmte die seine. Er brachte die Dreistigkeit nicht auf, sich mit seinem so viel dürftigeren Gefühl an ihres heranzudrängen, das ihn quälte, aber das er bewunderte.

Dank Leonie gelang ihm vielleicht seine Oper. Auf diese Hoffnung legte er sich endlich schlafen.

Und je länger, je mehr fand er sich zu Hause in seiner Aufgabe, der trostreichen Zärtlichkeit. Er mußte sich zwar ärgern, sooft Leonie von ihren Beängstigungen durch den anderen anfing; aber sie brauchte, um sie auszuhalten, doch ihn; und daß nach all seinem Bemühen um ihre Zerstreuung in ihrer plötzlich entrückten Miene wieder der Fremde sich ankündigte, brachte wohl Scham; aber dafür trug sein Opfersinn in sich ein wenig Lohn, wenn er die, die er liebte, eine halbe Nacht lang über ihr Leiden hatte hinwegtäuschen können.

›Es kann schlimmer kommen für uns beide‹, dachte er. Und eines Abends beim Austritt aus dem Restaurant sahen sie sich Rothaus gegenüber. Alle drei zuckten auf und warteten. Rothaus konnte hervorbringen: »Ich fürchtete, gnädiges Fräulein, Sie seien schon abgereist.«

»Wir sind noch da«, sagte Leonie.

»Und Sie bleiben . . .«

»Ich weiß nicht, bis wann. Der Frühling gefällt uns hier. Ist es nicht schön heute abend?«

»Sehr schön.«

»Aber Sie wollten zum Essen gehen.«

Er grüßte gehorsam und trat ein.

Das erste Stück des Weges sagte Leonie nichts, und sie atmete hörbar.

»Warum hat er nicht einmal versucht, uns zu begleiten?« fragte sie plötzlich.
»Mangel an Geistesgegenwart«, erklärte der Kapellmeister.
Wieder nach einer Weile, verhalten, aus dem Tiefsten:
»Es ist doch schön – doch schön.«
Und nach weniger als hundert Schritten:
»Schrecklich! Schrecklich! Rasch einen Wagen, ich will heim.«
Schon am Morgen kam sein Brief; er bat, daß sie zu dreien beim heutigen Abendkonzert im Stadtpark speisen möchten. Sie wagte sich nicht zu rühren vor Furcht. ›Ich dachte doch, wir seien fertig, ich würde nun gesund werden. Nein, er läßt mich nicht los, er fängt die Marter von vorn an!‹ Als hätte sie das nicht erwartet, nicht erhofft. ›Was soll ich nun tun!‹ Und plötzlich im Jubelsturm: »Was ich tun soll? Oh!«
Um acht Uhr saß sie, in einer Herrichtung, mit der sie nach dem Mittagessen begonnen hatte, im kleinen Weinrestaurant, der Eingangstür gegenüber. Sie beugte vor: »Er wird sehr häufig bis halb neun zurückgehalten. Oh, es kann auch sein, daß wir bis neun warten.« Und inzwischen prüfte sie sich im Spiegel drüben, sorgte sich darum, wie der Ton ihrer Bluse, ihres Haares sich in die Tapete füge, suchte Speisen aus und bestellte sie wieder ab,

bohrte angstvoll ihren Fuß in den roten Teppich ... »Drei Viertel auf neun, jetzt kann er kommen.« Und bei jedem Aufgehen der Tür setzte sie sich zurecht wie auf einer Bühne, von der jedesmal wieder der Vorhang aufginge, und lächelte fieberhaft.

Auch dem Kapellmeister war kritisch zu Sinn. Er wünschte heftig, jener möge eintreten, damit die Qual ein Ende habe; – und beim Schlage neun fühlte er unerwartet, daß alles andere ihm lieber gewesen wäre. Er legte seinem Geiste die äußerste Anstrengung auf, um Leonie zu unterhalten. Eine Sekunde, nur eine, ihre Aufmerksamkeit herzerren! Nein, kein Lachen war für ihn und keines aufrichtig; es war für den Saal und um sich zu stellen, als paßte sie selbst, in ihrem Herzen, zu ihrer heiteren Frühlingstoilette, ihrem lachenden Teint, ihren Blumen. Sie schlang die Finger mit dem rosigen Jaspis der Nägel ineinander und trennte sie wieder, rastlos; nestelte an sich, stöhnte unbewußt. Sie dachte, was sie auch redete, nur an die Minuten der Wanduhr und sprach sie mit. Ihre Stimme bei allem war von einer irren Sanftheit und Süßigkeit ... Da, verändert, laut:

»Also es ist nichts, er kommt nicht mehr.«

»Dann ist es wohl nichts«, wiederholte der Kapellmeister.

»Ist das nun zu glauben?« Als spräche sie hinter die

Kulissen: das einzige echte Wort an diesem Abend. Darauf verlangte sie wohlgelaunt:
»Also essen wir!«
»Wer nicht kommt, kriegt nichts«, setzte der Kapellmeister hinzu.
Leonie plauderte auf einmal freiwillig. Sie war wie berauscht von dieser äußersten Grausamkeit; sie lachte schriller. Der, der daneben saß und sie liebte, mochte sie nicht mehr ansehen; er dachte: ›Leute wie wir zwei dürften hier gar nicht geduldet werden. Wenn wir auf einmal transparent würden und unser Jammer zu sehen käme wie 'n Bandwurm: ich glaube, weiß Gott, er könnte die anderen Herrschaften beim Essen stören.‹
Mit wohlgesättigten Mienen standen sie auf und gingen in den Park, der festlich beleuchtet und voll Gedränge war. Kaum darin untergetaucht, erschlafften ihre beiden Masken. Leonie seufzte auf.
»Das ist wieder vorbei.«
Aber er konnte da sein und nicht gewagt haben, hineinzugehen!
»Machen wir einmal die Runde!«
Sie machten sie dreimal. Leonie suchte, überwach, unter den von Papierlaternen bunt besprenkelten Gesichtern. Der Anblick eines Rückens, dicht vor ihr, versetzte ihr einen Schlag. Gleich darauf begriff sie nicht, was sie gesehen habe; nicht die schwächste Ähnlichkeit war weit und breit.

Einige Kollegen hielten sie an; man äußerte Verwunderung darüber, sie noch in der Stadt zu finden. Die anderen erklärten: »Morgen reisen wir«, und Leonie, Hals über Kopf: »Wir auch!« Darauf zu ihrem Begleiter, zögernd und bitter:
»Das heißt, es ist noch nicht sicher.«
Man ging ins Café und erstieg den ersten Stock, der abgesonderten Fensterplätze wegen. Der Gedanke an Sekt erklärte sich; Leonie vertrat ihn wie eine Herzensangelegenheit. Als der Champagner da war, fand sie ihn untrinkbar; es gebe nur eine Marke, sie habe den Namen vergessen. Sie wußte ihn und behütete ihn . . . Sie entfaltete eine üppige Ausgelassenheit, füllte damit den ganzen Kreis aus. Warum man sie erst jetzt kennenlerne, hieß es. Sie machte die bösen Gefühle der anderen Frauen aufspritzen, achtlos, wie Pfützen im Vorüberjagen. An die Männer verschenkte sie, über ihre Schulter hinweg, ihr Lächeln, schien für jeden etwas davon aus ihrem Geist zu ziehen, wie eine Blume aus einem Strauß – eine Blume, die sie nicht angesehen hatte und die nichts bedeutete.
Sie schob mehrmals das Fenster auf, das der Held, um seine Stimme besorgt, jedesmal wieder zuzog; beugte sich vor und schöpfte Luft. Auf einmal warf sie sich herum nach ihrem Vetter; ihre Augen waren von Schreck erweitert und erbleicht; ihre Lippen bewegten sich ohne Ton. Der Kapellmeister

erhob sich ein wenig, versuchte hinauszusehen, fand nichts; aber erriet, was sie drunten erblickt hatte. Er lenkte, durch irgendeine Bemerkung, die Aufmerksamkeit auf sich. Leonie bekam Zeit, noch einmal das Fenster zu öffnen. Niemand stand mehr darunter; niemand starrte mehr herauf; da hinten unter den Baumkronen der Gartenstraße verschwanden emporgezogene Schultern, ein gesenkter Kopf, ein Schritt, der nach Flucht aussah.
Er trug einen, der von weither floh und sich allzugern hätte fangen lassen.
Er hatte mit zwanzig Jahren erfahren, daß er nicht lieben konnte; es war eine halb verstandene Erfahrung gewesen, diese an seiner ersten Geliebten. Vielleicht würde er sich niemals einer Frau genähert haben, hätte er nicht gehört und gelesen von einem Vorgang namens Liebe. Er hatte geglaubt, ihn in sich zu bemerken; und der Besitz der Frau schnitt ihn plötzlich ab. Er hatte Lust, sofort weiterzugehen, nötigte sich zum Bleiben, durch Bedenken und mit Hilfe von Neugier – und wohnte, lichten Geistes, den dunklen, unwissenden Regungen der anderen Seele bei. Er vermutete, wenn er ihr Getaumel sah, ihrem Stammeln zuhörte, hier geschehe etwas, dem er nicht auf den Grund komme; unter der Sprache, die er zu kennen meinte, unter den Gebärden, die er mitmachte, läge eine versunkene Welt. Die Liebende begriff mit Sträuben seine

Nüchternheit; es war ein Augenblick, in dem er fühlte, er sei ihr unheimlich. Bei der Trennung äußerte sie Verachtung und verbarg er Scham. Er hatte die Ahnung, zurückgeschlagen zu sein, neu beginnen zu müssen mit einem Weg und einer Belagerung – wessen: des Lebens?
Eine verfehlte Gelegenheit oder eine fälschlich ergriffene. Jenes Geschöpf war zu einfach gewesen für ihn, vielleicht zu klein. Darauf lernte er die hysterische Leidenschaftlichkeit kennen und das Untergehen in einer Frau von großartiger, die Grenzen des Menschlichen streifender Sinnlichkeit – und brauchte zehn Tage, bis er unumstößlich wußte, er habe gelogen, habe sich in fremde Schicksale einschleichen wollen und sei gescheitert.
Hinter ihm lag auch jenes fragwürdige Erlebnis mit einem ganz jungen, unberührten Mädchen aus seinen Kreisen, das mehrere Nächte bei ihm verbrachte, auf seinem Lager, in seinen Armen, und dem er Schonung versprochen hatte. Warum brach er zuletzt sein Wort? Was mit seltsamem Lauschen begonnen hatte, endete wie immer in angewidertem Alles- und Nichtswissen. Diesmal hatte er gespürt, die Liebe forme sich; – und die Überrumpelung des Fleisches zerriß sie jäh. Er haßte es nun, das Fleisch. Er beschloß, ihm nie wieder zu erliegen. Er machte aus seiner Schwäche eine Kraft, rechnete sich seine Enthaltsamkeit als Selbsterhöhung an, das schlechte

Gewissen in seinen Begehrlichkeiten als edle Scheu des Einsamen, nannte gemein, was sich ihm verschloß, schmutzig, was er nicht begreifen konnte. Als er Leonie zu begehren anfing, kehrte aus siebenjährigem Schatten der Abschiedsblick seiner ersten Geliebten zurück zu ihm und das fragende Grauen in ihren erweiterten Augen. Niemals mehr! Sterben für eine Frau, ohne sie besessen zu haben, aber nicht noch einmal diesem Blick begegnen! Er sah ihn voraus in Leonies liebendem Gesicht; jedesmal, wenn sie und er ihre Arme schon öffneten, sah er das Gesicht der Trennungsstunde voraus, nachdem sie ihn erkannt haben würde, und floh. Floh und kehrte zurück, um aufs neue an einer kraftvollen Seele die Ohnmacht seiner eigenen zu reiben – mit Mißtrauen und Furcht. War er nicht schon verurteilt? Verachtete sie ihn schon? Vielleicht! Aber litt noch? Vielleicht! Und er nahm es, verstört, entgegen, was sie ihm reichen konnte, das einzige, kostbare Lebensgefühl dessen, der sein Leben lang im Sterben lag: das Gefühl, leiden zu machen.
Dann wieder eine menschliche Wallung, das Aufblühen einer Stunde, eine Hoffnung, ein Blitz ... Sich abgewendet und weiter! Nicht sich selbst verlieren! Stolz bleiben auf sein Schicksal! Die Schwäche, die ein Schicksal war, zu einer Leidenschaft machen! ... Und dahinten verschwand unter den Lindenkronen ein elender und starrer Nacken.

V

Leonie brach unerwartet auf und verlangte, daß die anderen dablieben. Zu dem Kapellmeister, auf der Straße, den Schritt anhaltend und mit einem hilfesuchenden Blick:

»Was soll das nun wieder! Kannst du mir wohl sagen, was nun das wieder soll!«

Der Kapellmeister machte: »Hm. Ja, was wollte er da?«

Dann fand er das Mildtätigste, was sich finden ließ.

»Er kann es nicht lassen. Aber du gefällst ihm mehr, als gut ist. Er hat Angst vor dir. Er fürchtet, er werde dich zu sehr lieben. Verstehst du, zu sehr.«

Leonie erwiderte nichts. Warum sollte es nicht so sein? Sie wollte, daß es so sei.

»Nicht einmal einen Vorwand hat er gebraucht, um wegzubleiben. Er gibt alles Heucheln auf, sagt nicht mehr: ich bin verreist – nein, versäumt erst unsere Verabredung und stellt sich dann offenkundig unter das Caféfenster. Wagt also nicht, da hineinzugehen, wo ich bin! Oh! Jetzt hab ich ihn und jetzt geh ich. Er soll noch oft des Nachts unter den Fenstern stehen!«

»So ist's recht. Nun wird gereist«, sagte der Kapellmeister eifrig.
»Und zwar morgen mittag nach Köln, mit den Kollegen.«
»Findest du das so besonders angenehm? Mit dem ganzen Pack?«
»Unbedingt!«
Sie wollte keinen Augenblick frei zum Denken haben. Sie ordnete bis an den hellen Tag ihre Kostüme in fünf Kisten. Sie ließ sich die Haare waschen, was den Kopf ermüdet und wobei zwei Stunden dahingehen. Noch in der Droschke hatte sie mit ihrer Handtasche zu tun, fiel auf einen Platz, wie der Zug abging, und erklärte sofort, in Köln sollte gebummelt werden. Der Held und seine Freundin ließen sich bitten, weil sie ins Sommerengagement mußten. Die beiden von der Oper waren einverstanden. Die Naive klatschte in die Hände.
Die Gesellschaft beschloß, sich durch die Sehenswürdigkeiten zu nichts verpflichten zu lassen; Leonie stimmte gegen den Besuch der Kirchen; sondern man machte eine Fahrt durch die Stadt, speiste ausführlich in einem kleinen Salon des Hotels und blieb noch lange beim Wein. Der Kapellmeister öffnete das Klavier. Auf den ersten Wink sprang Whitman, der Tenor, auf die Füße und sang. Er war klein und schlank, mit starken Armen, und während sein Kehlkopf auf und nieder stieg, spielten

aus Freude am Dasein alle seine Muskeln. An seinem krausen, olivenfarbenen Kopf hatten die amerikanische, italienische und die schwarze Rasse mitgewirkt. Er hatte getrunken und geraucht, soviel er mochte; nun ließ er seine Stimme hergeben, was man wollte, seiner Unerschöpflichkeit sicher und strahlend vom Genuß, sich in Tätigkeit und die mühelose Funktion seines Körpers von allen bewundert zu fühlen. Er legte einen Turiddu hin und schmetterte ohne Pause den Bajazzo herunter. Darauf glitt der Kapellmeister zu dem Motiv der ›Boheme‹ und zu seiner Entfaltung in der zweiten Hälfte des ersten Aktes. Whitman setzte ein.
Er war ein Künstler. Seine Stimme verzauberte ihn; sie lieh seinem eitel lächelnden Gesicht den Schmelz der Empfindung, seinen Schultern den geschweiften Leibrock des romantischen Dichters und hängte über seine schwarzen Haare, die nun lang und glatt erschienen, die Balken der Mansarde. Man sah Mimi eintreten und in Ohnmacht sinken, die Kerzen erlöschen, im kalten Dunkel die beiden armen Menschen unversehens einander bei den Händen halten und, da Rodolfo ihr sagt, wer er sei, den Mond heraufsteigen wie einen Harfenakkord. »Ich bin ein Dichter.« Er sang; es war nur ein wenig klingende Luft; aber darin geschah etwas Erlesenes, Staunenswertes. Es eröffneten sich zwei Geschicke: – und der kranken Brust der einen und des anderen

mit Träumen verkleidetem Elend entschlüpfte, wie ein Schmetterling seiner grauen Hülle, das Glück. Deutlich berührte es mit seinen leichten, durchsichtigen Fußspitzen die staubige Diele. Es war da; es war von einer phantastischen Natürlichkeit, unirdisch und ganz einfach, voll Blut, worin geschmolzene Sterne flossen. So war der Gesang des Dichters. So war, was das Mädchen ihm antwortete. So war, als sie aneinander lehnten und ihr Atem vermischt gen Himmel flog, der Schwall der großen südländischen Liebesmusik.

Nach seinem letzten Griff ließ der Kapellmeister die Hände auf den Tasten liegen. Die eifersüchtige Liebhaberin des Helden sah vor sich hin und murmelte etwas, das niemand verstand. Leonie erklärte, nach einem Schweigen, laut und hart:

»Sie haben fein gesungen, Carlo; aber die Musik ist ekelhaft! Verlogen und – und . . .«

»Na, schön«, sagte der Kapellmeister.

Man sprach vom Schlafen; aber Leonie warb stürmisch für den Besuch von Lokalen. Als mehrere abgetan waren, hieß es, nun brauchten sie nicht erst zu Bett zu gehen, sondern könnten um fünf Uhr gemeinsam weiterreisen. Sie tranken Kaffee am Bahnhof. Es blieb noch eine halbe Stunde, und Whitman führte Leonie den Perron entlang, ohne anderen Zweck als den, zu irgend jemand von sich selbst zu reden. Er hatte in Italien studiert, und er

fuhr mit einem Koffer voll Lorbeer aus seinem ersten Engagement in sein zweites: Wien! Dort gedachte er zwei Winter lang sich zu üben, danach aus Amerika Geld zu holen – und dann sollte Europa ihn kennenlernen. Von jetzt in fünf Jahren war er Millionär und eine Größe. Das stimmte ihn weiter nicht überheblich; nur hatte er sich an die neue Bedeutung seiner Person und an die Tatsache, daß seiner eine so merkwürdige Zukunft wartete, noch nicht gewöhnt und ward tagein, tagaus gekitzelt von Lachlust und Mitteilungstrieb, beständig im Zustand jemandes, der vor fünf Minuten das große Los gewonnen hat.
Leonie betrachtete ihn von der Seite, wie er in seiner glänzenden Zuversicht zum Leben mit den leeren Händen schlenkerte, voll von sich, freigebig mit sich, und die feuchtkalte, rußige Luft kräftig durch seinen kostbaren Hals zog. Sie blieb stehen und machte: »I – i . . . Nasal, nicht wahr?« Den Blick am Boden, ging sie weiter. Wie dieser da, war doch auch sie gewesen, vor – einem Jahr noch. Sie sann zurück mit einem Schauer des Befremdens. Was war seitdem über sie gekommen? ›Bin ich wahnsinnig?‹ Sie trug nun, geschädigt in ihrem Körper, ihrem Talent und ihrem Mut, den Stempel des Schwachen dort hinten. Er hatte sie zu dem umgewandelt, was er selbst war. ›Was kann ich noch wollen? Oh, er!‹ Ihr kränklich aufzischender

Haß richtete sich gegen ihn, eins mit ihrer verbitterten Sehnsucht.
Der Tenor mißverstand den Eindruck, den seine Zuhörerin von ihm empfangen hatte. Er machte sich unvermittelt an eine komische und brutale Werbung und verlangte, daß Leonie mit ihm in den Schlafwagen steige. Sie dankte, auflachend, und ging zu den andern. Wie der sich die Liebe einfach dachte! Und wie der sich kurz und wild gebärden würde, wenn je eine Leidenschaft ihn ergriff! Angenommen, man war von einer gepackt, ihr den Mund stopfen, ihn schnell und gründlich stopfen und weiter: – war das nicht einst auch ihre Auffassung gewesen? Leider war etwas dazwischen gekommen.
Sie saß unruhig auf ihrem Platz. Wie die Tür geschlossen werden sollte, erklärte sie plötzlich, etwas vergessen zu haben, ergriff ihre Handtasche und sprang hinaus. Der Kapellmeister stürzte hinterher. »Nanu, was ist –?« Sie kämpfte seit gestern mit der Versuchung, in Sankt Gereon jene Statue wiederzusehen, die sie einst um seinetwillen besucht hatte, und ein wenig von der Empfindung zu erbetteln, die er dem Bilde – dem Bilde! – geschenkt hatte. Es war das letzte Stück von ihm, das sie zurückließ – ohne sich umzusehen, hatte sie gewollt. Aber es ging nicht.
Als sie aus der Kirche zurückkam, war es Mittag.

Sie schlief bis zum Abend. Tief in der Nacht in einer Bar meinte der Kapellmeister:
»Wollten wir nicht eigentlich nach Hause reisen?«
Sie erwiderte gequält:
»Weißt du vielleicht, was wir dort sollen?«
»Nun, zum Beispiel Geld sparen. Du ahnst wohl nicht zufällig, was wir in der letzten Zeit ausgegeben haben?«
»Geht mich auch gar nichts an.«
Sie fuhren tags darauf mit dem Rheindampfer. Da Regen drohte, waren sie fast allein. Leonie setzte sich auf die Bank an der hinteren Brüstung, stützte die Stirn gegen das Geländer und überließ sich, ungefesteten Blicks, dem Gleiten der Spiegelbilder durch das goldige Wasser. Schon flossen die Farben des Abends hinein, da fuhr sie auf: wo waren die Türme Kölns? Weg? Das Letzte weg! Und auf einmal war sie gewürgt von dem Gefühl des Auf-Immer! Jetzt hatte sie ihn verloren, jetzt erst ganz. Und in ihr ging Heros ratloses Stammeln an:

»Leb wohl, du schöner Jüngling!
Ich möchte gern noch fassen deine Rechte,
Doch wag ich's nicht; du bist so eiseskalt.«

Als sei er tot; so blieb es nun!

»Der Tag wird kommen und die stille Nacht,
Der Lenz, der Herbst, des langen Sommers Freuden,
Du aber nie, Leander, hörst du? – Nie!
Nie, nimmer, nimmer, nie!«

Aus dem Worte konnte man tausend Verse machen; man glaubte es nicht!
Der Kapellmeister hatte einen Einfall für seine Oper gehabt und ihn aufgeschrieben. Er kam herbei, noch blaß von der Empfängnis.
»Was machen wir denn, meine Gute? Wir weinen doch nicht?«
Sie schüttelte seine Hand ab, mit einem einsamen und armseligen Lächeln. Er äußerte selbstlose Teilnahme:
»Ich will nichts sagen – du machst was durch. Er war wohl viel für dich . . .«
Sie lehnte sich plötzlich zurück, die Arme ausgebreitet auf dem Geländer, und gab mit vorgestrecktem Hals, aufgerissenen Augen und tief gefalteten Mundwinkeln ihrem Gesicht die weithin erkennbare Starre des Bühnenschmerzes. Sie formte, sorgfältig und stark:

»Sag, er war alles! Was noch übrigblieb,
Es sind nur Schatten; es zerfällt, ein Nichts . . .«

Als sie zu Ende war, fühlte sie sich wieder fähig, die Last der nächsten Stunden zu tragen.
Sie fand sogar aufrichtiges Vergnügen an der Erdbeerbowle in Bonn, an der Fahrt nach Königswinter, an der Weiterreise. Sie machten es sich zur Aufgabe, in den Städten kein Café und kein Varieté zu versäumen; und ihr letzter, später Besuch galt

immer Bols' Likörstube. Leonie hatte den Weg dahin zuerst im Scherz eingeschlagen, im Sinne einer Parodie auf jemand, der seinen Kummer vertrinkt, aus Galgenhumor. Dann spielte sie einen anmutigen, kleinen Rausch – und dann verschaffte es ihr ernstlich Erleichterung. Der Kapellmeister gönnte ihr und sich selbst ihre erträglichere Stimmung. Er unterwarf sich mit Genuß ihren Launen; – und sie ließ ihn zahlen, ließ sich von ihm pflegen, ließ ihn ihrer größten Schwäche beiwohnen, ohne Gefahr, ihre Überlegenheit zu verwirken. Denn sie war versichert, ihm im Blut zu sitzen und daß sie selbst nie durch ihn werde beunruhigt werden. Sie behielt seine Begierde im Sinn, wenn er selbst sie vergaß. Eine vollkommen uneigennützige Güte kam in dem, was sie von Menschen erwartete, nicht vor. Auch dieser, was immer er für sie tat, wollte etwas. Die Gebende war sie: dadurch, daß sie da war.

Sie zeigte sich mehr als je geneigt, für das eine große Versagte ihre Sinne durch eine Menge unwichtiger Liebkosungen zu entschädigen und Wohlleben einzutauschen statt Liebe. Als habe ihre fruchtlose Leidenschaft sie geadelt, war sie anspruchsvoll geworden, hochmütig, weiblich und äußerst empfindlich gegen schäbige Hindernisse. Geschmackloser Zierat in einem Gasthauszimmer veranlaßte einen Wutausbruch. Man führte bereits

eine Kiste mit zusammengekauften schönen Dingen mit, Bildern, bemalten Statuetten, einem Vorrat roter Kerzen. Der Kapellmeister dachte: ›All der Klimbim fällt von selbst weg, wenn sie einmal nicht mehr soviel Jammer dafür zu zahlen hat wie jetzt. Denn sie zahlt mit Jammer.‹
Sie saß, solange noch der Rhein nahe war, in keinem Theater, bei keiner Mahlzeit, ohne tödlich zu erschrecken, wenn jemand, den sie nicht hatte kommen sehen, ihren Platz streifte. Es konnte doch sein! Wieviel war er auf Reisen! Sooft neben ihr ein unerwartetes Wort fiel, fuhr sie bebend herum: jedes nahm die Laute seines Namens an. Auf der Straße packte sie plötzlich den Arm ihres Vetters, entgeistert geradeaus nickend. Dann: »Wo – war's denn?« Ihrem halluzinierten Blick hatte er sich gezeigt, er! Aus der sichtbaren Welt ausgeschieden, schien er sich in ein Gift aufgelöst zu haben, in etwas Fieberluft – die nun immer mit ihr zog, immer rings um sie stand, aus der sie alle ihre Atemzüge holte. Er vergiftete sie. Sie war ohne Unterlaß besessen von seinen Händen, seinem Gang, von hundert Gesprächen mit ihm, deren letztes Wort immer ausgeblieben war. Des Nachts lauschte sie krampfhaft in die Ferne; unter dem Fenster des Cafés, nach dem er an jenem letzten Abend hinaufgestarrt hatte, stand er gewiß auch zur Stunde, nicht ahnend, daß sie von dannen sei, und daß sie

hier auf Plätze niederweine, in deren totes Mondlicht nie sein Fuß, seine verlorene Gestalt nie treten sollte!

Bei der Ankunft daheim verhielt sie sich stumpf, antwortete den Verwandten mit Plappern und kam erst zum Bewußtsein, als der Kapellmeister wegging, um sich in der Stadt ein Zimmer zu suchen. »Komm bald wieder!« Er behielt ihn noch lange vor Augen, ihren angstvollen, ganz verirrten Blick, mit seinem ratlosen Flehen. Der Blick galt dem einzigen Menschen, der den dort hinten Zurückgelassenen gekannt, alles mitangesehen hatte und der sie noch mit ihrer Welt verband; und der Kapellmeister war trotz allem stolz auf ein solches Einverständnis und beglückt durch diese Art der Zusammengehörigkeit! Er durfte für sie eintreten, der Familie ihr schlechtes Aussehen erklären, ihrer Reizbarkeit Geltung verschaffen und ihren nächtlichen Gewohnheiten Duldung; durfte sich bei jeder Gelegenheit auf ihre Seite stellen und dafür die Wahrnehmung machen, daß sie nach Alleinsein mit ihm drängte. Unter vier Augen fing sie sofort von dem andern an.

Sie bekam dabei eine Stimme, klein und sanft, die irgendwie den Eindruck machte, als käme sie vom Rande eines Bettes her; und sie klagte, zwischen ihren Erinnerungen, immer über Durst. Was sie erlebt hatte, erschien ihr nun voll geheimer Fügungen. Schon ein halbes Jahr vorher hatte sie lauter Spiegel zerbrochen, da mußte es wohl so kommen. »Man« – den Namen sprach sie nicht mehr aus – hatte sie nie auf der Bühne gesehen, rätselhafterweise nie. Und sie waren sich immer nur bei künstlichem Licht begegnet; hatten einander geliebt, ohne zu wissen, wie sie am Tage aussahen! Dazwischen: »In dieser Parfümerie waren wir noch nicht. Ich muß es herausbekommen.« Sie suchte überall nach seinem Parfüm, nach dem zu fragen eine seltsame Scham sie gehindert hatte; und nirgends fand sie es. Auch der Champagner, den sie mit ihm getrunken hatte, und seine Zigarettensorte waren vom Erdboden verschwunden! Wie bedeutsam und wie zauberhaft war das alles! Ein Aufschrei: Die goldene Kugel!

»Hab ich dir davon noch nie erzählt? Ja, ich gab ihm eine goldene Kugel, damit er sich . . .«

Sie nickte vor sich hin. Der Kapellmeister hatte Lust zu fragen, woher sie die goldene Kugel genommen habe; aber zuletzt achtete er ihre Weihe. Beinahe redete sie sich ein, daß sie die goldene Kugel wirklich verschenkt habe. Immer wieder ließ sie das Wort durch ihren Mund rollen: »Die goldene Kugel . . . Dabei mauschelte er! Bei den feinsten Dingen, die er sagte, oh, da mauschelte er!« Verzückung. Wenn sie zu sich kam, fiel ihr im Gegenteil auf:

»Obwohl alles eigentlich recht gewöhnlich war. Könnte man wenigstens sein wie die dummen kleinen Mädchen, die glauben, was mit ihnen geschieht, sei ungeheuer merkwürdig und nie einer widerfahren vor ihnen!«

Im Werk des Velasquez stieß sie auf einen Kopf, der sie wild belebte. »Mein Gott, wer ist das? Siehst du nicht? Siehst – du – nicht?«

Sie hängte im schwarzen Rahmen das schwarz und bleiche Gesicht über ihr Bett, steckte Kerzen daneben auf und führte den Kapellmeister davor.

»Ist er nicht schön? Sage, ist er nicht schön?«

Es schien, als fühlte sie das etwas Kindische in ihrem Gebaren und verstärkte nun erst recht den Ton. Die Hände gefaltet, schmachtete sie zu dem Bild hinauf.

»Ja, das bist du – ganz allein du. Nur das Bild eines längst Vergangenen konnte dir ähnlich sehen, ein Lebender nie.«

Der Kapellmeister fand es an der Zeit, einzugreifen.

»Dir fehlt 'ne passende Tätigkeit. Wenn ich mich recht erinnere, bist du beim Theater? Hast du wohl auch ein Engagement für kommenden Winter?«

Sie hatte keins, und es war ihr einerlei. Das Hoftheater, an dem sie als Hero geglänzt hatte, fand nun doch ihre Stimme unzulänglich.

»Sie ist es auch«, meinte Leonie, wegwerfend und bitter.

»Quatsch. Nach solchen blödsinnigen Aufregungen darf man wohl wenigstens eine angegriffene Stimme haben! Wir wollen uns jetzt mal kräftig um deine Zukunft bekümmern.«

Er tat es: – und nur nebenher trachtete er auch für sich nach einer Anstellung am selben Theater, wenn es sein mußte, als Korrepetitor. Leonie aber sollte aufsteigen! Im vorigen Jahr würde er sie nötigenfalls unter die Statisten gesteckt haben, nur um sie sich zu sichern. Jetzt kam es vor, daß er Leuten, die ihn zu einem Konzert heranzogen, die Mitwirkung eines Rivalen vorschlug; daß er dem Journalisten, der sich an jenem ausgetobt hatte, seine Meinung sagte. Die Erfahrungen, die seine Natur freigelegt, ihn endlich in den Genuß der eigenen Zärtlichkeit gesetzt hatten, die Erfahrungen mit Leonie hatten den Kapellmeister ein wenig anständiger gemacht.

Und um vieles nachdenklicher. Er wiederholte mit ihr die Hero, denn das blieb vorläufig die einzige Rolle, für die sie zu haben war; und fühlte sich kaum von Eifersucht belästigt, wenn sie um den Begehrten die Augen verdrehte, brannte, irrerede-te. Den, der in Leonie Unheil angestiftet hatte und ihn, den Ungeliebten, es wieder gutmachen ließ, bedachte er mit stiller Verachtung. Er gab ihr gelassen das Stichwort und meinte, das alles sei nur halb noch für Rothaus; die andere Hälfte gehöre Leander. ›Sie benützt ihre Liebe schon zum Mimen. Auch vor dem Bilde hat sie gemimt. Ganz bei Kleinem gleitet sie aus der Wirklichkeit auf die Bühne – und da ist sie in Sicherheit.‹

Eines Tages traf er sie beim Unterschreiben eines Kontraktes und begann auf der Stelle, ihr Repertoire mit ihr zusammenzustellen. Dann hielt er ihr die Rollen vors Gesicht, bis sie wütend zwei Akte in einem Atem herunterlernte. Dem folgte die friedliche Genugtuung, etwas fertig zu bringen. Der Kapellmeister nahm, was sie studiert hatte, mit ihr durch, sah zu, wie sie sich in Eifer spielte, hörte sie sich heftig versprechen, sie wolle nächsten Winter viel, sehr viel arbeiten. ›Alles kommt nur, weil der Regisseur, der mich haßte, mir nichts zu spielen gegeben hat!‹ Ihre Tatkraft war wieder da; er bakam rote Ohren vor Vergnügen.

Da aber fand er im Briefkasten eine Ansichtskarte für Leonie. Die anspruchsvolle Schrift glaubte er zu kennen; und dann las er auch den Namen. Was nun? Das war niederschmetternd. Die Karte unterschlagen? Soviel Entschlossenheit brachte er nicht auf. Übrigens konnten noch mehr kommen. Und, eine Hoffnung, war nicht Leonie über solche Gefahren schon hinaus?

Sie war es nicht. Sie entriß ihm das Blatt mit einem Raubtierschrei; und er mußte sie allein lassen. Als er sie wiedersah, hatte kein Schlaf sie abgespannt, und ihre Augen, durch etwas bessere Nächte schon leidlich beschwichtigt, glänzten wirr wie zuvor. Die Karte! Von einem Ausflug schrieb er sie, und die Namen von Fremden standen neben seinem. Das sollte Unbefangenheit bedeuten! Oh, sie erkannte ihn wieder; er hatte, als er das abschickte, eine schlimme Viertelstunde durchgemacht. Er erlitt ungezählte schlimme Stunden! Die Karte war nach ihrer dortigen Wohnung gerichtet; er wußte nichts von ihrer Abreise; und noch immer spähte er des Nachts nach Fenstern, hinter denen sie sein konnte – und floh! . . . Die alte Frage kam wieder herauf: »Was will er? Was soll dies?« – und das alte entsetzte Horchen auf ein stummes Geschick.

Die volle Kraft des Rückfalls hielt zwei Tage an; dann war sie, mit großer Geduld, wieder bei einer Rolle festzuhalten. Zornausbrüche endeten jäh die Repliken. »Ich kann nicht!« Sie machte »I—i! Hörst du nicht? Durch die Nase! Was da wohl ist. Ich muß mir alles herausschneiden lassen!«

»Sonst nichts?« fragte der Kapellmeister. Aber er war allmählich darauf gekommen, daß ihr Zustand nicht die Nerven allein anging.

»Allerdings«, äußerte er, »geschehen muß etwas.« Er dachte nach, sah aber die Wege zur Heilung nur gerade so undeutlich wie sie und vollführte eine allgemeine Handbewegung:

»Also mal operieren lassen.«

Leonie sank, die Hände zwischen den Knien, auf ihrem Stuhl ein und bekam starre Augen. Sie hatte das nur so hingeredet; – ward es nun Ernst? Dann kam es fürchterlich. Wie sehr sie sich plötzlich krank wußte, in den Mitteln ihres Talents, in ihrer Weiblichkeit selbst, überall. Daß die Wahrheit über sie noch immer allen entging; daß er – er! – sie nicht durchschaut hatte! Er hatte sie nur des Abends gesehen, wenn sie schön war ... Jetzt sollte alles herauskommen! Am frühen Morgen, wenn es drückend still war, mußte man in die Klinik fahren. Man durfte nichts gegessen haben. Man hatte sich nicht geschminkt; Tränen, fremde Hände, Blut hätten alles weggewischt. Dann packten einen die Nonnen und legten einen auf den Tisch. Die Haube, das Haar ward unter eine Haube gedrückt! Schon erblickte sie im Spiegel ihren verunstalteten Kopf, ohne Haar, das Gesicht vom Chloroformschlaf in die Länge gezogen, die Nase hölzern und spitz. Sie vernahm, aufschreckend, dicht bei ihrem Ohr: »Ich denke mir ihr Haar weggestrichen ... Der weibliche Reiz ist ein beseitigter Trug. Die fremde Familie tritt darunter hervor ... Ich bringe es nicht fertig, die Töchter und Schwestern der andern zu lieben.« Er hatte das gesagt, er; – und so sollte nun sie werden, häßlich und ihm fremd. Wenn er dabeistände! Nie! Lieber sterben, versteckt und allein, als sich fremd und häßlich ihm zeigen.

Gleich darauf wehrte sich ihr Lebenswille; sie warf den Gedanken an Tod auf den andern hinüber, und sie sagte leise, nachtwandlerisch:
»Die goldene Kugel . . . Ich wollte, er täte es.« Und ausbrechend, voll wilder Inbrunst:
»Wie wäre ich stolz auf ihn!«
Der Kapellmeister begriff, sie fürchtete sich, und tröstete. Er ließ mehrere Tage hingehen, ohne die Sache weiter zu besprechen. Höchstens sagte er, wenn es ihm schien, als beschäftigte sie sich damit:
»Es wird ganz leicht gehen, und du wirst noch unanständig gesund.«
Es war seine Überzeugung. Seit er nicht mehr allein das bei ihr suchte, was er gebrauchen konnte für sich, sah er klarer in ihr. Was er jetzt für sie empfand, berührte wenig mehr seine Vergnügungssucht, gar nicht mehr seine Eitelkeit und kaum noch seinen Kunsttrieb. Er hatte sich in sie hineingelebt, zuerst unter Verzicht und mit Greinen, dann in der Heftigkeit einer neuen, merkwürdigen Freude, die eigene Persönlichkeit zu verlassen, fremde Erlebnisse in sich zum zweiten Male entstehen zu lassen. Man findet sie brennender, als je die eigenen waren, und weit bedeutsamer. Die Bestimmung des anderen Wesens arbeitet sich aus in uns selbst und in den Dingen. Das Durcheinander der Welt birgt diesen Sinn, und unser Ruhm ist dies, daß jenes Wesen groß werde. Auch das ist Liebe.

Der Kapellmeister erschaute in inständigen Ahnungen Leonies Zukunft, und sie war glänzend.
Leonie klagte:
»Die Operation wird es auch nicht tun.«
»Nun, dann findet sich was anderes. Aber gesund wirst du, meine Gute, da gibt's nichts . . . Denk nur mal einen Moment genau nach: bist du, ganz im Grunde, denn krank? Oder verzweifelt? Du! Bei dir ist das alles ja nur Zwischenfall.«
Allmählich durchdrang sie sein Glaube. Sie hatte Regungen des Erstaunens, sich noch da, noch auf den Füßen und oft recht munter zu sehen. ›Wenn eine andere das hätte durchmachen sollen! Es waren eigentlich unglaubliche Dinge. Mehr als ich könnte keine leiden – oh, keine; aber bis zum Untergehen ernst nehme ich's also doch nicht mehr?‹ Und zurückgrabend: ›Wie war's denn, als es am ernstesten war?‹
Da hellte sich ihr auf, daß sie es nie, in der Zeit der wildesten Schmerzen nie ganz, ganz ernst, nie so ernst genommen habe wie eine, die nur hierfür bestimmt, deren Zweck und Ende diese gewesen wäre! Es gab in der Tiefe ihres Wesens eine Kraft, die aufhob, was ihr schaden wollte. Diese Kraft konnte stocken im ersten Entsetzen einer neuen Leidenschaft; – in kurzem aber belebte er sich wieder, Leonies Spieltrieb. In ihr war eine Bühne, auf der sie selbst, noch einmal und verkleinert, ihre

Erlebnisse spielte, sich müde spielte. Sie sah sich zu, dieser Puppe dort unten; gab sich Nachdruck; klatschte sich Beifall; ward bald länger gefesselt von der Wiederholung ihres Schicksals als von ihrem Schicksal selbst, länger von dem mit lauten Gebärden erfüllten als von dem still durchpilgerten; vergaß, indes sie sich ihre Leiden vorführte, manchmal, daß sie litt; vergaß es häufiger . . . Sie sagte sich: »Ich werde durchkommen, denn –«

Unter einem Schauer von Wehmut und Stolz:

»Ich bin eine Komödiantin.«

NACHWORT

Vieles wird den Leser an vergilbte Photographien aus der Equipagenzeit erinnern. Spitzenkleider mit Fliederbouquets, Sonnenschirme mit Volants, weitausschwingende Pariserhüte mit Schleiern oder Straußenfedern, als Hintergrund die Kurpärke und Promenaden rheinischer Provinzstädte, die Musikkapellen in Pavillons und Cafés, der scheppernde Tusch im Variété, das Knallen der Champagnerpfropfen in Boudoirs. Vorbei das alles – Operettenzeit, Kaiserzeit, Zeit der großen Träume auf der Bühne und in der Politik. Es tönt wie aus dem Trichter eines Kurbelgrammophons, etwas brüchig, mit leichtem Kratzen.

Und doch. Es sind mehr als Nachklänge oder nostalgische Stimmungsbilder aus der Zeit der Jahrhundertwende. Hinter dem Bild der jungen Schauspielerin zeichnen sich die Umrisse einer Epoche ab. Nietzsches Kunst- und Lebensphilosophie wird diskutiert, nicht doktrinär und akademisch, sondern im Lichte von Heinrich Manns eigenster Erfahrung. Zeitgenössische Standes- und Rassenprobleme werden analysiert – von einem, der sich mitbetroffen weiß. Und die Geschichte einer Liebe wird mit einer psychologischen Raffinesse erzählt, die das Gewagteste nicht scheut und der Wissenschaft ihrer Zeit an Scharfsicht weit voraus ist. Gerade das hebt die Novelle aus allem bloß Zeitgeschichtlichen heraus und macht sie in ihrer heiklen Ausgefallenheit zu einem *document humain.*

Eine Schauspielerin, die sich anschickt, das bürgerliche Leben der Kunst zu opfern, und die dann, in plötzlicher Wende, bereit wäre, ihre Bühnenlaufbahn zugunsten des bürgerlichen Lebens aufzugeben: Die Novelle steht zweifellos im Zeichen der um die Jahrhundertwende geführten Ästhetizismus-Debatte. Es ist die Zeit der d'Annunzio, Huysmans, Oscar Wilde, der George, Hofmannsthal, die Zeit der Heinrich und Thomas Mann. Nietzsche hatte den Gegensatz zwischen Kunst und Leben aufgeworfen. Kunst: das war ihm zunächst, in der *Geburt der Tragödie,* die Feier höchster dionysischer oder apollinischer Daseinsverklärung. Sie triumphierte über die bürgerliche Banalität und über die Schwäche der *décadence.* Kunst war eine Sache der Vornehmen, der Aristokraten, die aus der Fülle schufen und auf die Ärmlichkeit der Plebejer und der Schwachen verachtungsvoll herabblickten. Ziel der Kunst war die Erneuerung des Lebens aus dessen Urgründen, eine Steigerung, die den Menschen über sich selbst hinausreißen sollte ins Großmächtig-Übermenschliche: der »Olymp des Scheins« gegen die Realität; Renaissanceismus, Cesare-Borgia-Ästhetizismus gegen die biedere Gewöhnlichkeit.

Das Paradox besteht darin, daß der Künstler in seinem Hochmut und seiner Einsamkeit auf die Bewunderung der Vielzuvielen angewiesen bleibt. Psychologie wendet sich hier gegen den Künstler selbst. Er will die Wirkung, er will den Erfolg, er will die Macht. Er will den Sieg, Rausch und Ruhm. Es geht ihm nicht mehr allein um den Triumph der Kunst, es geht ihm um den Selbstgenuß, um Selbstvergottung. Am unmittelbarsten erfährt solchen Schauder der Schauspieler oder Sänger, der von der Bühne herab die Massen begeistert und dabei alle Spannung der Menschenbeglückung und -verführung erlebt. Er macht sich selbst zum Kunstwerk und damit zum Gegenstand der Anbetung.

Aber kommt seine Kunst wirklich aus der Kraft, kommt sie nicht vielmehr aus der Schwäche? Wenn einer alles empfinden, alles spielen kann, wer ist er dann? Ist er dann nicht ein Imitator, ein Parodist, ein Bajazzo? Ein Komödiant, der *nach*empfindet und *nach*spielt? Muß er seine natürlichen Empfindungen nicht abtöten, etwas Außermenschliches, ein artifizielles Monstrum werden, um *alles* nachspielen, *jede* Leidenschaft vorführen zu können? Ist der Artist ein Führer, weil er mehr ist und mehr vermag als andere Menschen, oder ist er ein Faiseur, ein Scharlatan, ein Diener des Scheins, ein Illusionist und Demagog? Nietzsche hat solche Verdächtigung in seinen Anti-Wagner-Schriften von 1888 ausgesprochen, und später hat er den Künstler gar als eine neurotische »Zwischen-Spezies« beschrieben, die sich von der Gattung der Bürger lediglich durch ihre Libertin-Stellung in der Gesellschaft unterscheide – der Künstler nicht mehr als Übermensch oder als Heiliger, sondern als außerbürgerlicher Artist und als solcher dem fahrenden Volk zuzurechnen. Heinrich Mann wie auch sein Bruder haben sich ein Leben lang mit Nietzsches Künstler-Verdächtigung auseinandergesetzt.

1903 schrieb Heinrich Mann in wenigen Monaten jenen Roman, der viele Motive der *Schauspielerin* vorweg nimmt: *Die Jagd nach Liebe*. Die junge Schauspielerin Ute Ende wehrt sich gegen das bürgerliche Leben, das ihr in der Liebe des bürgerlichen *décadent* Claude Marehn entgegentritt. Um ihrer Kunst dienen zu können, schafft sie um sich eine Sphäre lähmender Frigidität. Lebensschwäche schlägt in Herrschaftstrieb um. Ihr höchster Triumph wäre es, das Publikum rasend zu ihren Füßen zu sehen. Aber so unerbittlich sie auch arbeitet: ihre Kunst reicht nicht aus, dieses Ziel zu erreichen.

Die Novelle *Schauspielerin,* zwei Jahre nach dem Roman entstanden, wandelt diesen Komplex in neuer Variation ab. Leonie lebt in ähnlichen Konstellationen wie Ute Ende. Aber im Unterschied zu dieser gesteht sie sich ihre Schwäche ein und ist bereit, zugunsten ihres bürgerlichen Geliebten auf ihre Kunst zu verzichten. Wir müssen hier genauer hinsehen. Leonie lebt zwischen zwei Welten. Sie ist weder Künstlerin noch Bürgermädchen, »weder Komödiantin noch Familientochter«. Ihre »Theatersucht«, die sie jungmädchenhaft für wichtiger erklärt als bürgerliche Ziele, genügt nicht, sie zur großen Künstlerin zu machen. Sie setzt sich auf der Bühne nicht durch, weil sie sich in die Kunst bloß verirrt hat. In ihrer Unsicherheit beginnt sie das Leben als Bühne zu nehmen. Ihr Spieltrieb hilft ihr immerhin, ihren Liebesschmerz zu objektivieren und dabei Distanz zu gewinnen – vielleicht hatte sie ihn gar nie so ernst genommen? »In ihr war eine Bühne, auf der sie selbst, noch einmal und verkleinert, ihre Erlebnisse spielte, sich müde spielte. Sie sah sich zu, dieser Puppe dort unten; gab sich Nachdruck; klatschte sich Beifall [. . .].« Am Schluß die Bajazzo-Erkenntnis: »Ich bin eine Komödiantin.« Sie kann Kunst und Leben nicht auseinanderhalten. Auf der Bühne lebt und im Leben spielt sie.

Was sie zur Bühne führt, ist ihre schwärmerische Jungmädchenliebe zu dem Schauspieler Armand Hellfried. In Wirklichkeit heißt er Aaron Fried. Beim Theater sind alles Juden, sagt sie. Hellfried ist auf eine faszinierende Art »vermimt und verschminkt«. Sie lobt selbst seine Ruchlosigkeit den Frauen gegenüber. Was sie reizt, sind Libertinage und Bohemetum. Sie erliegt den Faszinationen des fünften Standes, des Standes der Artisten, der Schauspieler und Zirkuskünstler, der »Zigeuner im grünen Wagen« – und bleibt bei aller provokatorischen Arroganz doch ein Kind der Seßhaften, der Besitzenden, der Bürger. So lebt sie zwischen den Ständen.

In alldem gleicht sie dem Kapellmeister, der sich aus einem Mentor zu ihrem sehnsüchtig-hoffnungslosen Liebhaber und Anbeter entwickelt. Er steht auf ähnliche Weise zwischen den Ständen wie sie. Auch er weiß um sein künstlerisches Ungenügen. Ein Leben lang träumt er von der großen Oper, die er dem Volk

»zwischen die Zähne« werfen will. Daneben dient er dem Ruhm ohne Stolz und treibt es »nach der Art des mit bürgerlichen Gaben gesegneten Künstlers«.

Ihre Liebe zu dem Kaufmann Rothaus verwickelt sie in eine große Krise, die ihre ganze Labilität und Zwiespältigkeit an den Tag bringt. Der Kapellmeister schimpft den Rivalen einen »Getreidejuden, der den Ästheten mimt«. Ihr selbst fällt bei der ersten Begegnung seine innere Unsicherheit auf. Er hat melancholische Augen und scheint an Migräne zu leiden. Seine Sprache ist die »von Kaufleuten hohen Stils mit einem Stich ins Feudale«. Seine Vorfahren, sagt er, seien in Spanien Minister gewesen. Gerne vergleicht er sich mit Fürsten und schwärmt für die Hohe Schule.

Rothaus ist Bürger und ist es nicht. Der adlige Nimbus, den er sich gibt, entstammt dem Traume mehr als der Wirklichkeit. Sein Judentum – auch das empfindet sie als Verwandtschaft – stempelt ihn zum Ausgestoßenen und Ausgeschlossenen. Er steht zwischen den Rassen wie sie zwischen den Ständen. Ihm gegenüber wird sie sich ihrer Einsamkeit und ihrer Exzeptionalität bewußt. Er spricht von ihren »Madonnenhänden«, verehrt sie wie einen Engel. »Jeder körperlich oder geistig Ausgezeichnete ist vor allem ein Gezeichneter«, steht in seinem Lieblingsbuch. Sie bezeichnet ihn als einen »Paria der Höhe«. Was sie verbindet, ist das Pathos der Einsamkeit, das Pathos der Distanz.

Seine ästhetizistische Verehrung bestärkt sie in ihren »Reinheitsphantasien«, und anfänglich versteht sie durchaus, daß er ihr begegnen möchte wie ein Bruder der Schwester. Sie beginnt von geistiger Liebe, von Asketentum, Verachtung des Fleisches, von strenger Begierdelosigkeit zu schwärmen. Der Kapellmeister dagegen spricht abschätzig von »hysterischer Anbetung«.

Eines Tages merkt sie, daß sie Rothaus nicht wie eine Schwester liebt. Von da an wirbt sie um ihn. Doch er entzieht sich ihr. Was steckt dahinter? Der Kapellmeister sucht nach rationalen Erklärungen. Ist der Geliebte homosexuell? Sie weiß es besser. Ist es der Geiz, der ihn zurückhält? Aber sie hat ihn mit Tausendern um sich werfen sehen. Ist seine Familie dagegen? Wie könnte sie gegen echte Liebe aufkommen. Ist es Schwäche, die ihn zurückhält? Ist er ein besonders vornehmer Charakter? Oder nahm er mit abnormer Sinnlichkeit alles vorweg in der Phantasie? Sie wehrt sich gegen solche Psychologie.

Da ergreift Heinrich Mann selbst das Wort, um die Ratlosigkeit – nicht der Beteiligten, aber doch des Lesers – zu beheben. Die Geschlossenheit der Erzählung, aller Perspektivismus ist aufgehoben. Wie im 19. Jahrhundert lüftet der allwissende Erzähler den Schleier des Geheimnisses. Er tut es in der Manier des Psychologen, der längst Verschüttetes, nicht zu Wissendes an den Tag holt. Rothaus, erklärt er, »hatte mit zwanzig Jahren erfahren, daß er nicht lieben könnte«. Bei seiner ersten Liebe hatte er das Gefühl, »leichten Geistes« den dunklen, unwissenden Regungen der andern Seele beizuwohnen. Er fühlte sich als Belage-

rer des Lebens und blieb dabei ein Ausgeschlossener. Darauf war er in »hysterische Leidenschaftlichkeit« geflüchtet, nur um die über ihn verhängte Liebelosigkeit aufs neue zu bemerken. Ein drittes Mal verführte er wider Willen ein junges, unberührtes Mädchen – und wußte plötzlich, daß er nun das Fleisch hasse. Alles endete immer in »angewidertem Alles- und Nichtswissen«. Seit da machte er »aus seiner Schwäche eine Kraft, rechnete sich seine Enthaltsamkeit als Selbsterhöhung an, das schlechte Gewissen in seinen Begehrlichkeiten als edle Scheu des Einsamen, nannte gemein, was sich ihm verschloß, und schmutzig, was er nicht begreifen konnte«.
Auch in seiner Liebe zu Leonie kann er sich nicht anders verhalten. »[. . .] jedesmal, wenn sie und er ihre Arme schon öffneten, sah er das Gesicht der Trennungsstunde voraus, nachdem sie ihn erkannt haben würde, und floh. Floh und kehrte zurück, um aufs neue an einer kraftvollen Seele die Ohnmacht seiner eigenen zu reiben – mit Mißtrauen und Furcht. War er nicht schon verurteilt? Verachtete sie ihn schon? Vielleicht! Aber litt noch? Vielleicht! Und er nahm es, verstört, entgegen, was sie ihm reichen konnte, das einzige, kostbare Lebensgefühl dessen, der sein Leben lang im Sterben lag: das Gefühl, leiden zu machen.« Der Wechsel zwischen menschlicher Wallung und plötzlichem Erkalten, zwischen Hingerissenheit und plötzlicher Abwendung: »Nicht sich selbst verlieren! Stolz bleiben auf sein Schicksal! Die Schwäche, die ein Schicksal war, zu einer Leidenschaft machen!«

Was er erlebt, ist das Tonio-Kröger-Schicksal. Es ist das Schicksal des Schwachen, der aus Lebensängstlichkeit den Zugang zu einem Mitmenschen nicht findet, es sei denn im Exzeß; der sich hochmütig distanziert, um sich selbst zu bewahren; dessen Stolz aus Ohnmacht und mangelndem Vertrauen zum Leben hervorgeht; dessen Überlegenheitspose aus der »Scheu des Einsamen« stammt. Hingabe ist ihm nicht erlaubt, sie wäre Selbstverlust. Aber in der fortwährenden Zurücknahme auf sich selbst erfährt er Leiden und macht er leiden. Er lebt, wie alle vom Geist Gezeichneten, in der Sehnsucht nach »Hingebung, Vertraulichkeit, menschlichem Glück« – so sagt es Tonio Kröger – und hat doch immer nur das Gefühl der Separation, der Fremdheit, des Außermenschlichen.

Wie Tonio Kröger bleibt Rothaus im wörtlichen Sinn ein Außenstehender. In der entscheidenden letzten Szene steht er bleich unter den Linden und starrt zum Fenster des Cafés empor, hinter dem die Geliebte sitzt. Sie erblickt ihn. Er flieht: »dahinten unter den Baumkronen verschwanden emporgezogene Schultern, ein gesenkter Kopf, ein Schritt, der nach Flucht aussah«. Wie Tonio Kröger sieht Rothaus den Menschen, nach dem er sich sehnt, hinter Glas. Er ist der auf immer Abgesonderte, ein *exclusus,* der in seiner Ausgeschlossenheit und in seiner Exklusivität keinen Trost zu finden vermag, auch wenn er sie zu einer Leidenschaft macht.

Was Heinrich Mann hier analysiert, ist das Schicksal

des Narziß. Er tut es Jahre bevor Freud seine *Einführung in den Narzißmus* geschrieben hat. Zur Objektliebe nicht imstande, zieht sich der Narziß in aristokratischer Selbsterhöhung auf sich selbst zurück. Er kann sich in sein eigenes Bild verlieben wie der schöne Jüngling des Mythos, in seinen Intellekt wie Valérys Monsieur Teste oder Musils Ulrich. Er verliebt sich in sein Anderssein, in seine Einsamkeit und sein Gezeichnetsein. In prinzlicher Abwehr zieht er sich hinter die »narzißtische Mauer« zurück, die Schutz ist und Fluch in einem. Seine Umwelt nennt er gemein und schmutzig. Es ekelt ihn vor dem Gewöhnlichen, dem Bürger und seiner *stupidité.* Es ekelt ihn vor den Vielzuvielen, dem »Gesindel« am Brunnen, von dem Zarathustra spricht. *Odi profanum vulgus et arceo.*
Lieben könnte er allenfalls seinesgleichen, die Außerordentlichen, Exklusiven und Extravaganten. Rothaus' Fürstenfreundschaft, sein snobistisches *faible* für Adel und Hohe Schule gehört hierher, sein Hang zur Selbstfeudalisierung. Es ist ein Hang, den er mit einigen der Vornehmsten seiner Zeit teilt, mit George, Hofmannsthal, Rilke, mit Gustav von Aschenbach. Sie alle erheben sich über ihre Zeit und bleiben doch gerade darin Kinder dieser Zeit. Mit selektiver Gebärde lehnen sie das Regelrecht-Normale ab und halten sich an den Adel, wenigstens an das Kostüm des Adels, sind Meister, Prinz und Herr der Insel – sind Wilhelministen, auch wenn sie sich hoch über ihre Gegenwart erheben.
Auch Rothaus' Liebe zu Leonie ist eine Liebe zu

seinesgleichen. Wenn er sie Schwester nennt und Engel, steigert er sie damit ins Unerreichbare, Tabuierte. Er rückt sie von sich weg, indem er sie erhöht. »Aber, wissen sie vielleicht das vom König von Ägypten? Ein sehr einsames Individuum. Er berührte nie die Leiber der Fremden; er konnte nur eine heiraten: seine Schwester.« Und gleichzeitig die Erkenntnis: »wir sind keine Pharaonen«. Was ihnen versagt bleibt, ist der Inzest. Inzest ist die Liebe zum Ebenbürtigen, zum Neben-Ich. Er stammt aus der Erwähltheit, der Heikligkeit, dem Hochmut. Im Grunde ist er eine Form des Narzißmus. *»N'aimant que sa propre chair«,* heißt es im *Empfang bei der Welt.*

Es kommt nicht von ungefähr, daß Thomas Mann von der *Schauspielerin* sehr angetan war. Er bewundere das Buch, schreibt er dem Bruder am 17. 1. 1906, und er nennt es ein Buch »für die Vielen [. . .] wie für uns Andere«. Gerade die »schwierigen, psychologisch entscheidenden Stellen« zeigten ihm, daß er »mit *Wälsungenblut* gewissermaßen schon gethane Arbeit gethan habe«. *Wälsungenblut,* die Geschichte der Liebe jüdischer Geschwister, die »jedes das andere um seiner verwöhnten und köstlichen Gepflegtheit und seines guten Duftes willen« lieben, war im Sommer 1905, also kurz nach der *Schauspielerin* entstanden. An die fünfzig Jahre später hat Thomas Mann das Thema noch einmal aufgegriffen, als er im *Erwählten* die Liebe zwischen den Zwillingen des Herzogs Grimald beschrieb. In einem Brief nennt er rückblickend die Liebe der Geschwister ein »Vorrechts-Tabu – Göttern und Königen war es einst erlaubt, und nur dem großen Haufen untersagt. Isis und Osiris waren Geschwister, in den Pharaonen-Familien gab es manche Ehe nach diesem Vorbild, und daß auch Zeus und Hera Bruder und Schwester waren, ist wenig bedacht.«

Die biographischen Konstellationen, auf die Thomas und Heinrich Mann in diesen Werken anspielen, sind bekannt: in *Wälsungenblut* sind es die Pringsheim-Zwillinge, im *Erwählten* wohl Klaus und Erika Mann, die sich auf ihrer Reise »rundherum« als »Manntwins« auszugeben beliebten. In der »Fürsten-Novelle« von 1905, der Vorstufe der *Königlichen Hoheit,* hatte Thomas Mann in der geschwisterlichen Liebe Klaus Heinrichs zu Ditlinde sein eigenes Verhältnis zur Schwester Julia im Auge. Heinrich Mann aber hat in der Liebe zwischen Rothaus und Leonie seine Bindung an die jüngere Schwester Carla dargestellt.

In seinem *Autobiographischen Abriß* von 1911 schreibt er: »Das Wesen, das ich mir am nächsten gewußt habe, war meine Schwester. Sie war Schauspielerin, schön und elegant, ein Kind des Lebens, so voll Bereitschaft, es ganz durch ihr Herz gehen zu lassen, – und doch nahm sie es im Tiefsten nur wichtig als beherrschtes Spiel; und da sie dies endlich aus den Augen verlor und vollkommen ›ernst‹ sein wollte, mußte sie sterben.« Das bezieht sich auf Carlas Selbstmord im Sommer 1910. Heinrich Mann schickte sich damals an, das Schicksal seiner Schwester in einem Drama unter dem Titel *Schauspielerin* darzustellen.

In einer »Carla« überschriebenen Skizze von 1910 hält Heinrich ihren Charakter zum wiederholten Male fest – die Skizze ist ein Rückblick auf die Novelle und gleichzeitig eine Vorstudie zum Drama gleichen Titels: »Sie war Komödiantin. Dem Körper was des Körpers, rasche Liebesanfälle, die man im Grunde verachtet. Exaltation, an die man nicht ganz glaubt. Bewußtsein der Unvereinbarkeit mit einem andern Wesen, und der Künstlichkeit. Stolz darauf, Verachtung des Selbstbetrugs, der Schwäche, des Gemüthes; Degagirtheit vom *Leben*. Auch *fröhlich* aus Degagirtheit.« Das deckt sich mit der kühleren Beschreibung, die Thomas Mann zwanzig Jahre später in seinem Lebensabriß von Carla gegeben hat: »Ein stolzer und spöttischer Charakter, entbürgerlicht, aber vornehm, liebte sie die Literatur, den Geist, die Kunst und wurde durch eine unentwickelte, ihrer Stufe ungünstige Zeit ins unselig Bohemehafte gedrängt. Ein makabrer Ästhetizismus, der sich sehr wohl mit der kindlichsten, uns allen eigenen Lachlust vertrug, hatte sie schon ihr Mädchenzimmer mit einem Totenkopf schmücken lassen, dem sie einen skurrilen Namen gab.« Es ist der Schädel Nathanael, vor dem, in *Jagd nach Liebe,* Ute Ende ihr forciertes Histrionentum auslebt.

Schon der Schauspielerin Ute Ende hatte Carla Modell gestanden, und in Claude Marehns Schwäche und Sehnsucht hatte Heinrich Mann eigene Wünsche und Leiden angedeutet. Die *Schauspielerin* gibt nicht nur äußere Züge von Carlas Leben preis (etwa ihre schwärmerische Liebe zu dem Münchner Schauspieler Matthieu Lützenkirchen, der in Armand Hellfried wiederzuerkennen ist); sie ist ein psychologisches Porträt der Schwester und eine Analyse des geschwisterlichen Verhältnisses. Es besteht kein Zweifel, daß die Schonungslosigkeit des Porträts Carla in ihrem Gefühl des Ungenügens bestärkt hat. Heinrich hat sich der Schwester gegenüber zeit seines Lebens schuldig gefühlt. Sein Drama von 1911 war eine seltsame Bitte um Absolution.

Genug der biographischen Hintergründe. In der Novelle wird das Schicksal der Heldin literarisch überhöht. Beim Suchen nach einer Rolle stößt Leonie auf Hero und beginnt sich mit ihr zu identifizieren – »den brütenden Blick auf den dunklen Wellen, die gegen Leanders Leiche brandeten, bedachte sie, daß solchen Schicksals also die Welt voll sei; und eine Klage über die Vergeblichkeit unserer Sehnsucht, das Elend der menschlichen Dinge – eine Klage über das Lebenmüssen erstickte sie«:

> Nicht Götter steigen mehr zu wüsten Träumen,
> Kein Schwan, kein Adler bringt Verlassnen Trost,
> Die Einsamkeit bleibt einsam und sie selbst.

Die Rolle verleiht ihrer eigenen Verzweiflung Ausdruck. Umgekehrt wird ihre Verzweiflung zur Rolle: Leonie gibt »mit vorgestrecktem Hals, aufgerissenen Augen und tiefgefalteten Mundwinkeln ihrem Gesicht die weithin erkennbare Starre des Bühnenschmerzes«. Es ist die Maske der Tragödin, die sie

trägt. Spiel wird Leben, Leben wird Spiel; sie kann zwischen den beiden nicht unterscheiden.
Wie so oft bei Heinrich Mann, klingt auch das *Boheme*-Motiv herauf. Mit dem aufsteigenden Mond und dem Harfenakkord meldet sich in der Mansarde der kranken Mimi der Dichter. Seinem Gesang entschlüpft, »wie ein Schmetterling der grauen Hülle, das Glück«. Leonie vermag an das Glück nicht mehr zu glauben – nicht an das auf der Bühne, nicht an das im eigenen Leben.

Hans Wysling